第一章　死はマネキンと共に

（二〇一三年　一月二十三日）

1

冬晴れの太陽が都内に降り積もった雪を溶かす午後、目黒通り沿いにあるファミリーレストランで、赤羽健吾《あかばねけんご》は顔面の筋肉を引き攣《つ》らせながら営業スマイルを浮かべていた。

「ご注文はお決まりでしょうか」

この仕事を始めて一週間近くが経つが、まだ慣れない。窓ガラスに映るファミレスの制服姿の自分は完全に赤の他人だ。

「すごい雪だったわねえ」喫煙席の隅でメニューを両手に持った老婦人が言った。「あなたのお名前は何ておっしゃるの？」

「赤羽健吾です」

「堅苦しいのは嫌いだからアダ名で呼びたいの」

「周りのみんなは、バネと呼んでます」

「赤羽から取ったのね」老婦人がクスリと笑う。「バネちゃんね。可愛い」

そんなことはどうでもいいから、早く注文を決めてくれよ。

バネは、営業スマイルのまま、頬の筋肉をヒクヒクと痙攣《けいれん》させた。

この身なりのいい老婦人は常連客で、毎日同じ時間に一人で店に現れる。たぶん、寂しいからだとは思うが、店員を捕まえては、なかなか注文を決めずにお喋《しゃべ》りをするのがいつものパターンである。

「バネちゃんのお歳《とし》はいくつ?」

「今年で二十九です」

「あらま。うちの孫と同じだわ。うちの孫はね、アメリカの大学でお薬の研究してるのよ」

「へえ。優秀ですね」

「そうなの。とても賢い子だったわ。小学校のときは、いつもテストは百点満点で、その答案用紙を持って私の家に遊びに来てくれたものよ」

「いいお孫さんですね。ところで、ご注文はお決まりでしょうか」

「孫は英語もペラペラで、婚約者はアメリカ人だから国際結婚になるかも。早くハーフのひ孫を抱っこしたいわ」

人の話を無視すんなよ、お婆ちゃん!

バネの仕事はこれだけではない。世間話にいつ迄《まで》も付き合ってはいられないのだ。

正直、ファミレスの仕事を舐《な》めていた。適当に愛想笑いを浮かべて注文を取り、料理を運べばいいと思っていた。

甘かった。長時間の接客は、体力はもちろんのこと精神力まで削られる。とくに深夜勤務のあとに残る疲れは半端ではない。

ファミレスには、様々な客が集まる。意外だったのが、一人で来る客が多いことだ。学生、OL、サラリーマン、ニート、主婦、老人……。みんな一人でボソボソと食事をし、背を丸めて帰っていく。〝ファミリー〟レストランだというのに、幸せそうな家族連れのほうが圧倒的に少ない。

「孫は頭もいいけど、とてもハンサムなのよ。ハンフリー・ボガートはご存じ？　目の感じが似てるの」

「知らないッス」

「映画の『カサブランカ』に出ていた人なんだけど」

「観てないッス。ご注文はお決まりでしょうか」

「久しぶりに古い映画が観たくなってきたわ。TSUTAYAに置いてあるかしら」

頼むから、食べるものを選んでくれ！

「あの……ご注文は」

「バネちゃんは結婚してるの」

「してないッス」

「恋人は？」

「いないッス」さすがに苛《いら》つきが顔に出てくる。

「あらっ、ハンサムなのに残念ね。私が若かったら立候補するのに」老婦人がウインクをした。

「ははは……」もう笑うしかない。

そのとき、入店を知らせるチャイムが鳴った。バネは、素早く入口に目を走らせる。

親子が手を繋《つな》いで入ってきた。野球帽を目深に被《かぶ》りサングラスをかけたおそらく四十代の父親と、同じく野球帽に眼鏡をかけた小学校低学年くらいの息子だ。

「ご注文がお決まりになりましたらお知らせください」

「あら、もう決めるのに」

今度はバネが老婦人を無視してテーブルから離れ、小走りで入口の親子連れの接客に向かった。

「いらっしゃいませ。お二人様でよろしいでしょうか」

サングラスの父親が無言で頷く。左手で息子の手を引き、右手はダウンジャケットの中だ。

「お夕バコはお吸いになりますか」

父親が憮然《ぶぜん》とした顔で首を横に振る。

「それでは禁煙席にご案内します」

バネはマニュアルどおりに対応しながら、息子の表情を盗み見た。

下唇を嚙み、覇気がない。明らかに度が入っていない伊達《だて》眼鏡。その下の目は、泣き腫《は》らした痕《あと》があった。

間違いない。高山《たかやま》親子だ。

バネの心臓が、激しく高鳴り出す。悟られるな。俺は今、刑事ではなくファミレスの店員なんだぞ。

「こちらでございます」

バネは営業スマイルを崩さず、半身の体勢のまま高山親子の前を歩いた。

高山が辺りを警戒しているのが気配でわかる。ダウンジャケットのポケットの中で、右手が握っているものを確認したい。

刃物か銃器か。それによって対処法が違ってくるからだ。

最悪のケースだけは絶対に回避する。追い込まれた高山は、人質として連れ回している息子に危害を加えるかもしれない。

息子を道連れにしての自殺。それだけは絶対に阻止する。

高山は一週間前、目黒区碑文谷《ひもんや》に住む別居中の妻をナイフで殺害して逃亡した。殺害時刻の二時間後、塾帰りの息子が行方不明になった。

碑文谷署の要請を受け、警視庁行動分析課の課長である八重樫育子《やえがしいくこ》は、プロファイリングで高山の行動予測を割り出し、部下のバネに「ファミレスの店員になって張り込みをしなさい」と指令を出した。行動分析課は新しい課で、そこまで細かい制限がない。事件解決のための手段は、割りと赦《ゆる》される。

バネはアルバイトになりすまして張り込みを続け、高山親子が現れるのを待っていたというわけだ。

相変わらず、悪魔みたいな分析力だぜ。

バネは、天然パーマで焼きそばのようなヘアスタイルの上司を思い浮かべた。

八重樫育子。美人だがとっつきにくく、仕事の鬼で部下を人間とは思わず、駒《こま》の如《ごと》く扱う。いつも言葉足らずだ。今回も、妻の殺害現場からさほど離れていないこのファミレスに、なぜ高山親子が来ると判断したのか説明もしないで、「いいから行くんだよ、グダグダ言ってるとぶっ殺すよ」の一点張りだった。ちなみに「ぶっ殺す」が、八重樫育子の口癖である。

でも、認めざるを得ない。捜査一課から行動分析課に移り、三年半の月日が経った。八重樫育子の行動分析のおかげで解決した難事件を数えたら、両手で足りない。最初は捜査一課に戻りたがっていたバネだが、今は八重樫育子の能力を少しでも盗んでやろうと懸命に食らいついている。

それに、今年からは初めての後輩もできて、モチベーションも高い。ただ、その後輩がとんでもない問題児で、頭の痛い日々が続いているわけなのだが……。

集中しろ。高山の右手から目を離すな。

「バネちゃん！　注文を決めたわよ！」

さっきの老婦人が、喫煙席で大声を張り上げた。

このタイミングで決めんじゃねえよ！

何とも間の悪い婆さんだ。しかも、他の店員が気を利かせて代わりに注文を受けに行ったのに、「バネちゃんがいいの。呼んできて」とゴネている。

「行ってきてやれよ」

高山が、サングラス越しにジロリとバネを睨《にら》んだ。

体がバネよりも二回りはデカい。資料によれば、高山は高校時代バスケ部で主将を務め、一流の大学に入り、大手電機メーカーに就職して順調に出世街道を歩んできた。かつて家族のために買った碑文谷の家も、ゆうに一億円以上はするプチ豪邸だ。

何が不満だったんだ？

高山を狂わせたのは、株と競馬だった。借金が膨らみ、仕事をクビになり、まともな金融業者から借りられなくなって闇金に手を出し、追い詰められた。妻を殺した動機は定かではないが、高山の指紋のついたウイスキーの空き瓶がリビングに転がっていたところを見ると、泥酔した高山が妻と口論になり、その勢いで刺した可能性が高い。

怒りの炎が、バネの魂を焦がす。営業スマイルを忘れて、高山を睨み返した。この場を離れるわけにはいかない。リスクを覚悟で勝負をかけてやる。

「何だ、その顔は？　こっちは客だぞ」高山が、ドスを利かせた声で威圧する。

「うるせえ。武器を捨てて大人しく観念しろ」

「お前、デカか」高山が、ハッと怯《ひる》む。

「そうだ。俺の天職だよ」

ファミレスの店員から刑事に戻らせてもらうぜ。

高山が右手を抜くと同時に、バネは息子の胸を五割の力で蹴《け》った。前蹴りである。

息子が吹っ飛び、狙いどおりテーブル席のソファに尻餅《しりもち》をついた。

高山の右手のナイフが空を切る。ダガーナイフだ。バネの前蹴りがあと一秒遅ければ、息子の喉を掻《か》き切っていただろう。

「てめえ！」

高山が左手でサングラスを外して投げ捨て、血走った目でバネを睨みつけた。

ナイフを持った素人の攻撃は読みやすい。どうしても、ナイフに頼らざるを得ないからだ。

高山がナイフを振りかぶった。本来なら、この必要以上に大きな動作の隙にジャブやローキックを叩《たた》き込むのだが、周りに人がいるケースでは、まずナイフを押さえるのが最優先である。

バネは短く息を吐いて全身の力を抜き、爪先立ちで高山の攻撃に備えた。

高山がバネの腹を目掛けてダガーナイフで突いてくる。サイドステップで避け、高山の右腕が伸び切ったのを見計らって手首を摑《つか》んだ。

ここまでくれば、あとは折るだけだ。

バネは、右手で高山の腕を捻《ねじ》り上げ、左脇で高山の肘《ひじ》を挟み込み、そのまま全体重を乗せて床に組み伏せた。柔道でいうところの脇固めである。

パキッと乾いた音が響き、高山が絶叫してダガーナイフを落とす。

バネは足で床のダガーナイフを弾いて遠ざけ、暴れる高山に馬乗りになった。

「高山。大人しくしろ」

「うるせえ、この野郎！」

戦意を喪失させるには、鼻を殴りつけるに限る。

バネは、高山が振り回す両腕の間を狙い、顔面に右の拳《こぶし》を叩きつけた。

グシャリと鈍い感触がする。

やり過ぎると、また捜査一課時代の上司、ヤナさんこと柳川《やながわ》太助《たすけ》にどやされるが、手加減はできない。高山は自分の息子までも殺そうとした畜生なのだ。

もう一発、鼻を殴る。鼻血が噴き出た。

「がはっ」高山が顔を押さえ、抵抗するのをやめた。

念のために、もう一発だ。

バネは左手で高山のガードを払いのけ、右の拳を振り上げた。

「やめて！」

高山の息子が、バネの腕に飛びつきしがみついた。

「ううう……」

高山が、声を上げて泣き出した。

「パパを叩かないで」息子も泣いている。

「わかったよ」

バネは複雑な心境で立ち上がり、高山に手錠をかけた。息子が、うずくまる高山に寄り添っている。

何だよ、それ。

やり切れない気持ちになった。自分の母親が殺されたってのに、犯人である父親を庇《かば》うのかよ。

厨房《ちゅうぼう》の奥で待機していた警官に高山親子を任せて、バネはスマートフォンを取り出し、八重樫育子に電話をかけた。

『終わった？』

「はい。高山の身柄を確保しました」

『次の仕事が待ってるから早く帰ってきて』

ご苦労様のひと言もないのかよ。

八重樫育子の人使いの荒さは警視庁でも有名である。自分の捜査の都合しか考えないので、他の課からの評判もすこぶる悪い。

「新しい事件ッスか」バネは、溜め息を呑み込み訊いた。

『車での練炭《れんたん》自殺よ』

「はあ？　自殺なら俺たち行動分析課を駆り出す必要はないでしょ」

八重樫育子が、興奮を抑えた声で言った。

『車内には遺体の他に三体のマネキンが置かれていたの』

2

三十分後、バネは二子玉川でタクシーを降りた。日陰で固まった雪に足を取られながら、八重樫育子に指定された多摩川沿いの堤防まで歩く。

「遅いわ。何分待たせるつもりなの」

髪の毛が爆発したような天然パーマの女が、堤防の上で腕を組んで待ち構えていた。八重樫育子だ。黒いトレンチコートに黒いブーツでキメている。

「雪がまだ解け切ってなくて道路が激混みでした」

バネは息を切らしながら堤防を登った。八重樫育子のうしろには、黄色いバリケードテープに囲まれて、ワゴン型の軽自動車が停まっていた。

「男が言い訳するな。ぶっ殺すわよ」

八重樫育子が、銀縁の眼鏡の下のタレ目で睨みつけてきた。美人なのだが、常に眉間《みけん》に皺《しわ》を寄せているのが残念で仕方ない。

「すいません」

ここは素直に謝っておく。八重樫育子が顔を紅潮させて興奮しているからだ。つまり、一筋縄ではいかない難事件なのだろう。

行動分析課課長、八重樫育子は特殊な能力を持っている。悪魔的な嗅覚と分析力で、容疑者の行動を予測する。三年半、隣にいたバネでさえも、八重樫育子をまるで魔術師のように思うことがある。

高山の事件にしてもそうだ。八重樫育子は、高山親子があのファミレスに現れることを一週間前から予測していたが、警視庁の人間は半信半疑で、張り込みにはバネと警官一名しか派遣しなかった。

「ご苦労さん、高山を無事逮捕できたらしいな」

ヤナさんが車の陰からひょっこりと姿を現した。ヨレヨレの茶色のコートを着ている。不《ぶ》精髭《しょうひげ》にフケだらけの髪。不潔な中年の代表である。しかも、四十五歳にしてラジコンが趣味なのだ。この前も、警視庁がクソ忙しい最中にラジコンの全国大会に出場し、決勝で中学生に負けて悔し泣きをしたらしい。

「お疲れさまです。何とか怪我人を出さずに済みました」

「どうせ、お前のことだから高山を容赦なく痛めつけてきたんだろ」

「ナイフを所持していたんで利き腕を折りました。また始末書ッスかね？」

「ドンウォリー。俺が何とかしてやるよ」

ヤナさんの口癖は「ドンウォリー」だが、いい加減な性格なのでどうしても信用できない。

「あと、鼻も殴ったわね」八重樫育子が眉を上げた。

「誰かに聞いたんッスか」

「バネを見ればわかるわよ」

バネはヤナさんと顔を見合わせた。また八重樫マジックだ。

八重樫育子は面倒臭そうに口を開いた。

「バネの右拳に血が付いてるわ。手に傷がないから高山の血ね。口を殴ったんであれば歯で拳を怪我するはず。つまり、口の次に出血しやすい鼻を攻撃して高山の動きを封じたのよ」

「ちゃんと、手を洗ったのに……」

バネは自分の拳を見た。たしかに、数ミリほど血痕が残っている。会ってすぐにここまで目が行くなんて、信じられない観察力だ。

ヤナさんがシャリシャリと不精髭を掻く。「さすがだな。ついでに、なぜ高山親子があのファミレスに来るのがわかったのか教えてくれよ」

八重樫育子が、呆《あき》れた顔で溜め息を漏らす。新しい事件に早く取り掛かりたくてウズウズしているのだ。

「あとで説明するわ。現場が新鮮なうちにバネに見て欲しいの」

「早く名推理を聞かせて欲しいもんだぜ」

「推理じゃないわ。何回も言わせないでよ」

「はいはい。行動分析だろ」ヤナさんが顔をしかめ、車の後部座席のドアを開けた。「ほらっ、バネ。お勉強の時間だぞ」

バネは覗き込み、ギョッとなった。

女が眠るようにして死んでいる。異様なのは、三体のマネキンだ。遺体の横に一体、運転席と助手席にも一体ずつ置かれている。

「どう思う？」八重樫育子が、バネの背後から訊いた。「現場を見た第一印象で分析してよ。そのためにバネたちを呼んだんだから」

「たち？」

「お前の後輩も来てるんだよ」ヤナさんがニヤけながら言った。

「マジッスか？」

「おはようございます！　バネ先輩！」

桑田栞《くわたしおり》が、白い息を吐きながら缶コーヒーを持って堤防を登ってきた。噂《うわさ》の問題児である。

栗色のショートボブに、ワインのダウンジャケット。グレーのパンツがストライプ柄のせいか、異様に脚が長く見える。刑事というよりは、モデルのスタイルである。ほとんどメイクはしていないはずだが、驚くほど肌に透明感があり、男なら誰もが振り返るほどの美しさだ。

「お、おう」

バネは、この後輩を相当苦手としていた。

栞は異色のキャリアの持ち主である。元は女優で、海外の映画祭で賞を獲るほどの国際的な活躍をしていたが、三年半前に八重樫育子とバネが担当した事件に関わり、解決に一役買ったことで、栞は八重樫育子の行動分析に憧《あこが》れを抱いて女優をすっぱりと辞めた。一年間勉強して警察官採用試験に合格し、交通課で一年半勤務したあと八重樫育子のスカウトという形で行動分析課に配属されたのである。

「コーヒー、お待たせしました。熱々です」

栞が、ヤナさんと八重樫育子に缶コーヒーを手渡す。

「センキュー」

「ありがとう。寒いから助かるわ」

ヤナさんと八重樫育子が受け取り、美味そうに飲み、体を温める。

「おい、栞。俺のはないのかよ」

「すいません。来るとは思わなかったので……」

「来るよ！　お前が来てるのに俺が来ないわけないだろ！」

「すいません」

口では謝るが、顔が不服そうだ。栞は、女にしては背が高い上に、いつもヒールのある靴を履いているせいで目線がほぼ同じ高さになり、実際には見下ろされている気分になる。

「栞、この現場を見て気づいたことを言ってみて」

「はい」

栞はコートのポケットからメモ帳を取り出し、ハキハキと読み上げた。

「被害者の女性は三十代の半ばでクリエイティブな仕事に就いていると思われます」

「ちょっと待てよ。どうして、そう思うんだ。見ただけで職がわかるわけねえだろ」

バネはいきなり止めた。栞の口調が八重樫育子を真似ているようでカチンときたからだ。

「服装と靴の印象ですね。グリーンとピンクのチェックのダウンジャケットは可愛いし、靴はコンバースとマリメッコがコラボしたスニーカーだし」

「マリメッコって何だ？」

「知らないんですか」

栞が目を丸くする。その表情が小馬鹿にしているように見えて、余計に腹が立つ。

「知らないから訊いてんだろ」

「フィンランドのブランドです。ケシの花をモチーフにした《Ｕｎｉｋｋｏ》というデザインが有名ですね」

「ほう。物知りだな」ヤナさんが感心する。

「だからといって、この女性がクリエイティブな仕事だとは限らないだろ」

「他に気づいた点は？」八重樫育子が訊いた。

「被害者の顔にチアノーゼの痕があることと両手首に拘束の傷が残っていることから、自殺ではないと思われます。一酸化炭素中毒の死体ならば、顔色がもう少しピンク色になるので」

「ほう。勉強してるな」ヤナさんが、ニヤけながらシャリシャリと不精髭を掻く。

栞の観察眼は、八重樫育子には及ばないにしても、かなり鋭いものがある。女優時代に養ったものだとも思うが、後輩が活躍すると焦ってしまう。

「あと、被害者とマネキンとの関係性も気になりました」

「関係性って何だよ」バネは、かぶせ気味に訊いた。

「運転席のマネキンが男性。助手席が女性。そして被害者の隣にも女性です」

「たしかに。よく見ればそうだな」ヤナさんが頷いた。

マネキンは三体ともスキンヘッドだが、助手席と被害者の隣の二体は女性的な顔の造りをしている。胸もあり、服装もスカートだ。

「栞には被害者とこのマネキンの関係がどう見えるの」八重樫育子が、嬉しそうに笑みを浮かべて言った。

「そうですね」栞が、長い睫毛《まつげ》を瞬かせ、ぼそりと呟いた。「まるで、家族みたい」

3

午後七時。東京都千代田区にある警視庁本部庁舎の一番小さい会議室で、バネは腕組みをして考えていた。

自殺に見せかけた殺人——。自殺に見せかけた理由は、単に警察の捜査から逃れたかっただけなのか。それにしては手が込み過ぎている。わざわざ、リスクを冒してマネキンを用意する必要はないはずだ。

この会議室は、元々喫煙所だったスペースが行動分析課のために割り当てられたもので、大人が五人いれば圧迫感を覚えるぐらい極端に狭い。最初ここに来たときは壁にタバコの臭いが染み付いていてヤニ臭かった。それに加え、暖房の利きが異様に悪くて寒い。バネはカイロをスーツの下に貼り、栞はマフラーを首に巻いていた。

一度、栞に「屋内なんだからマフラーは外せよ」と注意したら、生意気にも「風邪を引いたらバネ先輩が責任取ってくれるんですか」と言い返された。

ホワイトボードの前に八重樫育子、長机を挟んでバネと栞が向かい合って座っている。八重樫育子は何も書かれていないホワイトボードを睨み、栞はノートパソコンの画面を見て顔をしかめている。

「おい、栞。さっきから何を見てるんだよ」

「関東圏にあるマネキン工場です」

「お前がそんなこと調べてもしょうがねえだろ」

物的証拠を追うのはヤナさんが率いる捜査陣の仕事だ。一方、バネが所属する行動分析課は、犯行現場から犯人の心理を分析して、犯人の次なる行動を予測するのが主な仕事である。現場に憧れて刑事になったバネからすれば、かなり物足りなかった。

行動分析課は、アメリカの大学とＦＢＩのアカデミーで行動分析を学んだ八重樫育子を中心として設立された特殊なチームだ。だが、統計を重視した八重樫育子の分析は独特で、根拠のない当てずっぽうだと言われることが多く、足を使って捜査をするタイプの刑事たちからは敬遠されていた。しかも予算の都合上、メンバーはこの会議室にいる三人だけである。

八重樫育子がおもむろにマーカーペンを取り、ホワイトボードに《なぜ、マネキン？》と書いた。

たしかに、このマネキンは謎《なぞ》だよな……。

バネは机に並ぶ現場写真を眺めた。いくら考えても犯人が何の目的で死体の側に三体ものマネキンを置いたのかまったく理解できない。

「何度も言うけどバネは頭で考えないで。そっちのほうは期待してないから」八重樫育子が氷のように冷たい視線をバネに送る。

「うぃッス……」

もう少し優しい言い方はできないのかよ。だから、〝鬼の八重樫〟なんて陰口を叩かれるんだ。

バネは心の中でブツブツと文句を言った。八重樫育子は元から厳しい上司だが、栞が入ってきてから、さらにバネの扱いが悪くなった気がする。

「堀越倫子の資料を先に読んでもいいですか」栞が八重樫育子に訊いた。

「ダメよ。まずは犯人の視点に立って。今、被害者の情報が入ったら〝濁《にご》る〟わ」

被害者の身元はすぐに判明した。堀越倫子は都内に住む三十四歳のアートディレクターだった。聞いたことのない名前だが、その業界では名が通ったやり手らしい。彼女の経歴の詳細が書かれた資料をヤナさんの部下が持ってきたが、八重樫育子は一行も目を通そうとはしない。

「はい！」

張り切る栞を見て、バネのテンションが下がる。

栞は被害者の遺体を見ただけで「クリエイティブな仕事」と分析したが、結局それが正解だった。栞はなかなか鋭く、八重樫育子には遠く及ばないまでも、最近は連続で的確な分析を出している。

彼女はとくに集中力が素晴らしい。だからこそ、女優としてあれだけの活躍ができたのだろう。引退を惜しむ声は全国から上がったが、栞は何の未練も残さずすっぱり辞め、今は全身全霊をかけて刑事の仕事に打ち込んでいる。しかも、元女優だけあってルックスが抜群だから、警視庁中の男からチヤホヤされていた。

バネには、成長著しい後輩を優しい目で見守るほどの余裕はない。我ながら心の狭い男で嫌になるが、栞がキラキラと目を輝かせて八重樫育子を尊敬する姿を見るとどうしても苛ついてしまう。

八重樫育子が続けてホワイトボードに向かい、《なぜ、マネキン？》の下に《家族？》と書いた。

「家族とは限らないんじゃないッスか」

「私はあのマネキンは家族を表現していると思います」すかさず、栞が反論する。

バネは、その自信満々な口調に、またカチンときた。

「どう分析してそう思ったんだよ」

「分析というよりは直感です」

「直感は大切よ」八重樫育子が、栞の肩を持つ。

「そうッスかね……」

また俺だけ仲間外れですか。ああ、そうですか。

ファミレスで逃亡犯の高山を逮捕したバネの活躍は栞の耳にも入っているはずなのに、「お疲れさまです」のひと言もないのはどういうことだ。一応、ダガーナイフで襲われて死にかけたんだぞ。

「何よ、不服そうね」

「分析と直感って正反対じゃないッスか」

八重樫育子が鼻で嗤《わら》う。「バネは直感を軽く見ているようね。たとえば、こんな話は知っているかしら。ある男が太平洋で遭難したの。救命ボートで食料はなし。どうやって、生き残ったと思う?」

「魚を食べたんですか」栞が先に答える。

おいおい、質問されてるのは俺なんですけど。

「そのとおり。魚を獲って生で食べた。身の部分だけをね。内臓や目玉は気持ち悪くて捨てていたの」

「私も魚が好きですけど、内臓は生では食べないです」

八重樫育子と仕事をしているときの栞は、心底嬉しそうだ。決して媚《こび》を売っているわけではなく、勉強が大好きな子供が大好きな先生から授業を受けているみたいな顔をする。

「数週間後、遭難している彼に異変が起きたの」

「何が起きたんですか」

「食の好みが変化したのよ。今まで捨てていた魚の内臓や目玉が無性に食べたくなったってわけ」

「つまり、どういうことッスか？」

バネは、たとえ話を終わらせたくて、ぶっきらぼうに訊いた。八重樫育子の話はオチがないのでわかりにくい。

「遭難した男は、最初は魚の生身しか食べなかった。当然、それだけでは栄養バランスが偏る」

八重樫育子が試すような目つきでバネと栞を見る。

「わかった！」栞が手を上げた。「遭難した男の体が、栄養バランスを保つために、意思とは関係なく内臓や目玉を求めたんですね」

「そう。それが本来人間が持っている〝直感〟よ」

「たしかに、お腹を壊した犬は散歩中に草を食べますもんね。誰に教えられたわけでもないのに」

「あのさ、犬は本能だろ」

バネが横槍を入れても栞は反応すらしない。

無視かよ！

こいつが男だったら、すでに何発か殴っているところだ。根が体育会系なバネは、クールで合理的で今風でキャリアウーマン的な栞の態度が何から何まで気に入らなかった。刑事ってそんなものじゃないだろ。もっと熱く犯人を追いかけるもんだろ。

八重樫育子は、一人でカリカリしているバネをよそに話を続けた。

「犬も人間も変わらないわよ。同じ動物なんだから。思考が発達し過ぎた分、人間のほうが直感が鈍いだけ」

「バネ先輩の直感は犬並みですもんね」栞がクスリと笑う。

馬鹿にしてるのか？　こめかみの血管が切れそうになる。

「バネはさておき、動物的な直感に支配されている人間が稀《まれ》にいるわ。シリアルキラーがそうよ。奴らは本能に従っている。動機も理由もなしに、ただシンプルに『殺したい』と感じるのよ」

「その直感に逆らえないんですね」

「彼らにとっては〝殺人〟が生きていくために必要なことなの。遭難した男と一緒でね」

「……他人を殺すのが？」

八重樫育子が静かに頷く。「だから、やめられない。決して満足することはないから殺人は続く」

刑事になって一度だけ連続殺人鬼と対決したことがある。《アヒルキラー》と呼ばれた犯人は、死体の横に玩具のアヒルを置いていた。あの犯人の心の闇は深く、バネは理解しようとしたが無理だった。

「このマネキンキラーもそのうちの一人なんですね」栞が訊いた。

「おい、マネキンキラーって何だ？」

「今回の犯人の呼び名ですよ。連続殺人鬼には名前が付くじゃないですか」

「ちょっと待て。どうして、今回の犯人が連続殺人鬼だとわかる？　それも直感だとか言うなよ」

栞が八重樫育子を気にしてチラリと見た。

「いいわよ。自分の分析を披露してみなさい」

栞は教師に当てられた生徒のように顔を紅潮させた。

「マネキンは犯人にとって大切な儀式だと思います」

「どう大切なわけ？」

バネは間髪を容れずに質問をした。栞の分析がうまくいかないのを望んでいる器の小さい自分がいる。

「それは、まだわかりません」

「ふうん。わからないのに決めつけてるのかよ」

栞がバネの攻撃にもめげず、持論を展開する。

「マネキンはサインだと思います」

「サイン？」

「もしかすると、警察に対する挑戦状のようなものかと……。ゾディアックも警察や新聞社に手紙を送りつけましたよね」

「ゾディ？」バネは自分の知らない単語が出てきたので顔をしかめた。

「ゾディアックです」栞が呆れたように、溜め息交じりで答える。「一九六八年から一九七四年にかけてサンフランシスコで五人を殺害した人物です。ちなみに事件は未解決で、未だ犯人は逮捕されていません。犯人はゾディアックと名乗り、暗号の入った手紙を警察や新聞社に送って、自分が殺人を犯した現場を教えたり、次の犯行を予告したんです。映画にもなった有名なシリアルキラーなのに知らないんですか」

「どこかで聞いたことはある……」バネは苦し紛れに言った。

「分析を続けていいですか」

栞が、もう一度、八重樫育子の顔色を上目遣いに窺《うかが》った。八重樫育子が優しい教師みたいに頷いてみせる。

大きく息を吸った栞が、舞台に立つ女優のような力強い声になる。

「三体のマネキンの人差し指に、赤いマニキュアが塗ってありました」

「よく気づいたわね」八重樫育子が栞を褒めたあと、バネをジロリと睨みつける。「もちろん、バネも見つけていたわよね」

「……すいません。見逃してました」

バネは素直に謝った。栞の前でカッコ悪く言い訳をしたくない。

八重樫育子が呆れて溜め息をつく。「現場では集中して、どんな些細なことでも見逃すなって教えたわよね。今度、ぼうっとしてたらぶっ殺すよ」

「以後、気をつけます」バネは奥歯を強く噛み締めた。

後輩の前で叱《しか》られるのがキツい。自分が一番下っ端だったときにはなかったプレッシャーである。

「栞、分析を続けて」

「はい」栞が、ますます得意げになる。「人差し指はお母さん指と呼ばれてますよね」

「被害者の堀越倫子は結婚しているの？」

「いいえ。離婚しています。子供もいません。つまり、母親にはなれなかった」

「母親になれなかった女が殺されてマネキンの人差し指にマニキュアが塗られていた」八重樫育子がなぜか嬉しそうに微笑《ほほえ》む。「他にもお父さん指、お兄さん指、お姉さん指、赤ちゃん指があるわね」

栞がそれに応えて胸を張る。完全に彼女の独擅場《どくせんじょう》である。

「はい。マネキンキラーはあと四人殺す計画を練っています」

4

午後十時、東京都渋谷区にある建築設計事務所の二階で畠山慎也《はたけやましんや》は会社の近くのファストフード店で買ってきたハンバーガーに齧《かじ》りついていた。

チーズバーガーとポテトとコーラのいつものセット。今月だけで何個目のハンバーガーだろう。会社から一番近いので、どうしてもそれで済ませがちなのだ。

また肥ったな……。

畠山は自分の腹の肉を摘《つ》まんだ。脂肪は広辞苑ほどの分厚さがある。四十歳を過ぎてから健康のためにエレベーターを利用することを禁じ、会社でも駅でも階段を使ってきたが効果はない。

まあ、こんな不規則な生活をしていたら当たり前だ。

今夜も残業である。先週、大手の工務店からショッピングモールの設計依頼が舞い込んできた。当然、実施設計の期日は決められている。ショッピングモールのオープン日を遅らせるわけにはいかない。

ハッキリ言って、余裕のないスケジュールだ。他に住宅の管理の仕事も受けているが、こちらをおざなりにしないためにも、この会社の大黒柱である畠山が馬車馬にならなければいけない。経営状態の芳しくない中小の建築設計事務所にとって、大手の仕事は渡りに船である。

畠山の気合いとは裏腹に、唯一残っていた部下が、そわそわと落ち着きなく何度も腕時計を見ている。

「おい、今夜はデートか」

畠山は、なるべく威圧感を与えないように訊いた。学生時代、ラグビーをやっていた畠山は、背は低いが肩幅が広く横幅もある。顔も肥ったワニみたいで、決して温和な風貌《ふうぼう》とは言えなかった。ただ、仕事熱心で部下の面倒見はよく、滅多なことでは怒らない。上司からも部下からも信頼を得るよう努力してきた。

「いえ、大丈夫です」部下が慌てて否定する。

「いいから本当のことを言ってみろ」

畠山は微笑んでみせた。部下が夕食も取らずに頑張っているのはわかっている。部下には婚約者がいて、来年結婚する。彼が結婚式のスピーチを頼んでくれたことも嬉しかった。

「彼女と映画のレイトショーを観る約束がありまして……」

「何時にどこの映画館だ」

「十時半に六本木です」

「よし。今日はもう上がれ」

「いや、でも畠山さんが……」

「俺もこれを片付けたら帰るから気にするな」畠山は、机の上の資料を大げさに叩いてみせた。

部下の顔が途端に明るくなる。「ありがとうございます」

「おうっ。楽しんでこい。彼女によろしくな」

そそくさとオフィスをあとにする部下の背中を見送る。

これで今夜も家に帰れないな。まあ、帰ったところで誰も待ってはいないが。

畠山は妻と別居中だった。去年の夏に、妻が子供たちを連れて実家に帰った。

神奈川県の戸塚にある一戸建ての家は、一人で暮らすには広過ぎる。食事は大抵コンビニ弁当で済ませていた。たまには自炊でもと思っても、いずれ大きくなる息子たちの成長を見込んで購入した一升炊きの炊飯器を見るたびに、米を研ぐのを躊躇《ためら》う。

別居の原因は畠山の激務のせいだった。六歳と四歳になる息子の運動会も、お遊戯会も、クリスマスも、会社にいた。下の子の誕生日も忘れる始末である。

「この家には父親がいないわね」

満員の終電でクタクタになって帰っても、妻に嫌味を言われた。

「俺は家族のために働いてるんだぞ。文句があるなら辞めるぞ。辞めてもいいのか。代わりにお前が働きに出てくれるのか」

眠っている子供たちを起こさないように小声で反論した。怒鳴れないこともフラストレーションのひとつだった。

「そういう話をしてるんじゃないでしょ」

「じゃあ、どういう話なんだよ」

「もう少し仕事をセーブして子供たちと過ごす時間を作って欲しいだけなの。せめて日曜日は家にいてよ。あの子たちに野球のグローブを買ってあげたのに一回しかキャッチボールをしてないでしょ」

「セーブできるなら、とっくにそうしている。俺がいなければ仕事が回らないんだよ。俺だって息子たちとキャッチボールしたいさ」

「時間は巻き戻せないわ。あの子たちはあっという間に大きくなるわよ」

「わかっている。だから、もう何も言わないでくれ。俺だけ責められるのはうんざりだ。明日も朝から会議があるんだ」

いつも妻の悲しげな溜め息で言い争いが終わる。

不毛な夫婦喧嘩《げんか》を繰り返すのが辛くて、わざと仕事を多く引き受けて会社に泊まり込んだ。

畠山は、妻が「離れて暮らしたい」と切り出してきたとき、正直ホッとした。これで仕事に集中できると。

父親失格だとは自分でもわかっている。二人の息子のことはもちろん愛してはいるが、「素敵なパパ」にはなれなかった。

ハンバーガーを食べ終えると、口元に付いた肉汁を拭くために机のティッシュに手を伸ばす。ティッシュの横に置いてある写真が目に入った。

息子二人が近所の公園でポーズを決めている。妻が撮った写真だ。家から歩いて五分の場所にある公園なのに、息子たちとは数えるほどしか行っていない。

畠山は胸の奥の鈍い痛みを掻き消すように、氷が溶けて薄くなったコーラを一気に飲んだ。

「すいません」

突然、背後から声をかけられてコーラのカップを落としそうになった。

振り返ると、ピザの宅配便のウインドブレーカーを着た男が立っていた。帽子を深く被っていて顔の表情がよく見えない。

どこから入ってきた？

まったく、気配がしなかった。エレベーターの音も聞こえなかった。

「ご注文の品をお持ちしました」

ピザ屋の店員が、ピザの箱を畠山に渡そうとする。気の弱そうな男だが、年齢は不詳だ。二十代前半にも三十代後半にも見える雰囲気の持ち主である。

「誰が頼んだの？　間違ってるんじゃないか」

会社に残っているのは畠山だけだ。

「こちらの会社の畠山さんという方からお電話をいただいたんですが……」

「畠山は私だが、頼んだ覚えはないぞ」

「えっ？　でも、こちらの住所ですよね」

ピザ屋の店員は、伝票を見せた。会社の電話番号まで書いてある。

社員の誰かが気を利かせて差し入れしてくれたのか……。いや、それならひと言ぐらいはあるだろう。それとも悪質な悪戯《いたずら》か。

「俺がそのピザの料金を払わなければどうなる」

「あの……僕が払うことになります」

「君が責任を取るのか」

「はい。そういう契約で働いてますから」

「悪戯だと説明して払わなければいいだろ」

「そんなことしたらクビになりますよ」

ピザ屋の店員が俯《うつむ》き、悲しげな笑みを浮かべた。不思議な表情をする男だ。投げやりというわけではなく、理不尽な運命をすべて受け入れる微笑みだ。

何かに似ている……仏像だ。

畠山は、ピザ屋の店員に同情した。昔から、目の前で困っている人間を放っておけないのだ。

俺が店長にかけ合ってやろうか。そう言いかけてやめた。時間の無駄だ。

「そのピザはいくらだ」

「千四百八十円です」

「俺が払えば丸くおさまるんだな」

「いいんですか」ピザ屋の店員が顔を上げる。

太陽のように眩《まぶ》しい笑顔だ。ピザ屋の店員の雰囲気が急に変わったことに、畠山は少し戸惑った。

「夜食にするよ。寒いのにご苦労さん」

「ありがとうございます！」

畠山は、優越感を覚えながら財布を出した。男気を見せて感謝されるのは嫌いではない。

ただ、この性格のせいで、今も余計な残業を引き受け、家庭が崩壊しているわけだが。

ピザ屋の店員が帰ったあと、箱を開けてみた。畠山の好物の海老とアスパラガスがトッピングされている。まだ温かく、香ばしい匂いに唾《つば》が湧いた。

一切れだけ食べてみようか。

ハンバーガーを食べたばかりではあるが、冷めていないものを味わいたい。

ひと口食べて、驚愕《きょうがく》した。最近のデリバリーピザはこんなにもレベルが高いのか。

ニンニクとバジルの利いたトマトソースの酸味が食欲をさらに刺激し、生地のもっちり感がなんとも言えない。この味なら本格的なレストランにも引けを取らないではないか。

誰の悪戯か知らないが、いい店を教えてくれて逆に感謝だ。今度から、ハンバーガーではなくピザを食べる日が増えるのは間違いない。

体重も増えるだろうけどな。

畠山は一人で自虐的に笑ってピザを味わい、十五分足らずで、丸々一枚をペロリと平らげた。

他にはどんなピザがあるんだ……。

メニューがない。普通、宅配のピザなら置いていくものなのに。

よく見るとピザの箱にも店のロゴや店名は入っていなかった。

商売っ気のない店だな。チェーン店じゃなく、個人経営なのか。

ピザの箱を片付けようと席を立った畠山を唐突に急激な目眩が襲った。とてもじゃないが立っていられなくなり、その場にしゃがみ込む。

な、なんだ、これは？　俺の体に何が起こった？

みるみる全身が痺《しび》れ、力が抜けていく。一瞬、これが噂の過労死かと思ったが、どうもおかしい。病気というよりは、歯医者でインプラントの手術のときに全身麻酔をした感覚にそっくりだ。

薄れゆく意識の中で、畠山は近づいてくる足音を聞いた。

さっきのピザ屋の店員が顔を覗き込み、爽《さわ》やかに笑う。

「僕の作ったピザ、お口に合いましたでしょうか」

5

午後十一時、自宅のマンションのベッドで寝ていたバネは、スマートフォンの着信音で叩き起こされた。

誰だよ……。せっかく、眠りかけていたのに。

早寝早起きがバネの生活リズムである。それに、明日は朝イチから八重樫育子と聞き込みに回らなければならない。

『今すぐ私の家に来てくれませんか』

電話の向こうで栞が言った。かなり切羽詰まった声だ。

「はあ？　どうしたんだよ、こんな時間に」

『緊急事態なんです』

「だから、何があったんだって」

短い沈黙のあと、栞が泣きそうな声で謝る。『やっぱりいいです。自分で解決します。夜分に失礼しました。おやすみなさい』

そう言って一方的に電話を切られた。

なんなんだよ、ったく……。

バネは舌打ちをし、もう一度、ベッドに潜った。だが、気になって眠れない。目がパッチリと冴《さ》えてしまったではないか。

たしか、栞の家は下北沢だった。バネの住んでいる笹塚からは原付バイクで十五分もかからない。

何があったかは知らないが、後輩の危機を救うのも先輩の務めか。この寒空の下をバイクで走りたくはないが、栞に何があったかわからない以上、電車は使わないほうがいいだろう。

女優時代に住んでいた港区から引っ越した際に、駅から離れた物件に決めたとも言っていた。寒いだろうなあ。

バネは頭を掻きながら起き上がり、寝巻き代わりのジャージを脱いだ。


きっかり十五分後、バネの原付バイクは下北沢の駅前に到着した。ダウンジャケットの下にセーター、その下にユニクロの長袖のヒートテックを重ね着してきたのに凍えそうに寒い。

駅前では飲み会帰りの学生たちの集団が元気よく騒いでいる。バネにもあんな時期があった。二十八歳になり、ヤナさんの指導もあって、大人の酒の飲み方を覚えてきた。目の前ではしゃいでいる学生たちを見ると、次の日のことを考えて飲む自分は、ひどく老けたように思う。これから、もっとおっさんになるのだろう。

バネは萎《な》える気持ちを切り替えてフルフェイスのヘルメットを脱ぎ、スマートフォンで琹に電話をかける。

『バ、バネ先輩。どうしました？』琹は泣いていた。

「どうしましたじゃねえだろ、大丈夫か」

『大丈夫じゃないですう』琹が激しく鼻水を啜《すす》り上げる。

「今、シモキタの駅にいるんだよ」

『えっ？　来てくれたんですか』

「すぐに行くから家の場所を教えろ」

『ありがとうございます』

　普段はいけすかない女でも、お礼を言われたら悪い気はしない。

「それで、何があった？　まさか、男絡みとか言うなよな」

『Gが出たんですぅ』

「自慰？　こんなときに下ネタはやめろよ」

『Gです！　ゴキです！』

「……ゴキブリのことか」

　拍子抜けして、原付バイクごと倒れそうになる。

『ひいぃぃい。その単語を使うのやめてください』

「ゴキブリぐらい新聞紙で叩き潰《つぶ》せばいいだろ」

　心配して駆けつけて損した。このまま黙って帰ってやろうか。

『無理。むりいぃぃい』

「おい、落ち着け。奴は今どこにいる」

『忍者みたいに姿を消しました』

バネはあまりの馬鹿馬鹿しさに溜め息を漏らした。ただ、普段の栞からは想像もつかない取り乱しぶりに「ざまあみろ」とも思う。

『ひ、ひ、ひぃぃぃぃ』

断末魔の馬のような悲鳴がスマートフォンから響く。

「どうした？」

『Gが、へ、部屋を横切りました。と、とんでもないスピードです』

「今行くから大人しく待ってろ」

住所を聞いて電話を切ったバネは、つい笑みを零した。

「ああ、お兄さんいいなあ。今から彼女に会いに行くんだあ」

ぐでんぐでんに酔っぱらった学生が絡《から》んでくる。

「違うよ。可愛くない後輩だ」

バネはフルフェイスのヘルメットを被り、原付バイクを発進させた。

栞の部屋は壮絶なあり様だった。まるで、ハリケーンが直撃したのかと思うほど物が散乱している。

ゴキブリ騒動で移動させたのか、広めのワンルームのど真ん中にベッドがあり、その上に、スウェット姿の栞がチョコンと正座していた。すっぴんで髪の毛もボサボサだ。

「お前、何やってんだ」

「安全地帯に避難してるんです」

「無人島に孤立した遭難者みたいだぞ」

「Gがいないなら無人島に行ったほうがマシですよ」

栞はよほどゴキブリが恐ろしかったのか、ホラー映画でゾンビと格闘したヒロインみたいにぐったりとなっていた。

「ビビり過ぎだろ……」

「バネ先輩、黒光りする奴らが怖くないんですか」

「まあな」

バネが住んでいる笹塚のマンションにもたまに出没するが、どうってことはない。

「私は殺人鬼より怖いですよ。さっさと始末してください」

「へいへい。キッチンの洗剤を借りるぞ」

「えっ？　洗剤で何をするんですか」

「ゴキにかけるんだよ」

「や、やめてください、余計にツルツルするじゃないですか」

「知らないのかよ。洗剤で、一発で倒せるんだ」

「マ、マジですか」

半信半疑の栞を置いて、キッチンへと向かう。見ただけで、普段、使っていないのがわかる。並んでいる調味料も新品ばかりだ。洗剤も、残量からして数回しか使っていない。

「お前、自炊しないのか」

キッチンから戻ってきたバネは、半笑いで訊いた。

「今、それ関係あります？」栞があからさまにムッとする。

「さては料理が作れないんだな」

「私のプライベートは先輩に関係ないでしょ。放っておいてください」

「うん。わかった。放っておく」

バネは洗剤を足元に置いて帰るふりをした。

「わあ！　嘘《うそ》です！　Gを倒すまで帰らないでください！」

いつも高飛車な後輩を虐《いじ》めるのは痛快だ。

「しょうがねえなあ」バネは洗剤を持ち、低い体勢で構えた。「奴はどこに潜んでいる？」

「たぶん、クローゼットの中だと思います」

「開けてもいいのか」

「ダメです」

「開けなきゃ倒せないだろうが」

栞が頰を赤らめて、しかめっ面をした。「開けていいですけど、なるべく中は見ないでください ね。見ても忘れてください」

「うるせえなあ」

テンパる栞をからかうのは楽しいが、そろそろ面倒臭くなってきた。明日も仕事だから早く寝たい。

バネは、いつゴキブリが飛び出してきてもいいように身構えながら、クローゼットを開けた。

「なんだ、こりゃ……」

ナース、キャビンアテンダント、警官、女子高生、レースクイーン、OL、ボンデージ……。様々な衣装がビッシリと並んでいる。

「お前、コスプレをするのか」

「しませんよ。女優時代に使ってた衣装です。勿体《もったい》なくて棄てられなくて」

「衣装は自分で買うものじゃないだろ」

「そこにあるのは全部、無名時代に自分で買ったものです。どんな役が来てもいいように練習してたんです」

「わざわざ着替えてたのかよ」

「私、不器用だから、外見から作り込まないと役の世界に入れないんです」

意外だ。栞は海外の映画祭でも絶賛されるような女優だったから、天才肌のイメージが強かった。

「お前、努力家じゃねえか」

「女優を辞めたけど、その衣装を見ると勇気が湧いてくるんです。刑事になるために猛勉強したときも勇気づけられました」

「あっ、そう」

バネはそっけなく返したが、心の中では栞のことを少し見直していた。プライドの高いナルシスト女だと思っていたけれど、撤回してやってもいい。

よく見ると、床に散らばっているのは、法律関連やＦＢＩの心理分析官の本、シリアルキラーのノンフィクション本、それに交じって、マネキンキラーの被害者である堀越倫子の資料もあった。

これは、マズい。さっさと寝ようとしていたバネとは大違いだ。この部屋を見れば、栞がバネを抜き去るのも時間の問題である。

「ひぃぃぃぃ」

栞が素っ頓狂な悲鳴を上げてベッドに立ち上がった。

バネの足元を黒い影がカサカサと走り抜ける。奴だ。

バネは落ち着き払ってゴキブリの行方を追い、壁際で動きを止めたのを見計らって洗剤をかけた。

ゴキブリは、ものの数秒で絶命した。

「へっ？　死んだんですか？」栞がぽかんと口を開ける。

「おう。ゴキの体にある気管に洗剤が入って皮膚呼吸ができなくなるんだ」

「私、初めてバネ先輩のことを尊敬しました」

「うるせえ。明日も仕事だぞ。早く寝ろ」

栞がおずおずと言った。「あの……部屋を一緒に片付けてくれませんか」

「いい加減にしろよ。何で俺がそこまでしなきゃいけないんだ」

「だって、片付けてる途中で二匹目や三匹目が出てきたら……」栞が、もじもじと体をよじる。

「いねえよ」

「でも、一匹見つけたら十匹いるって言うじゃないですか」

「なんで、もっと新しい部屋を借りなかったんだよ」

「クローゼットの大きい広い部屋を借りたかったんです。築年数が浅いと家賃が跳ね上がるでしょ」

「それぐらいの金はあるだろ。売れっ子の女優さんだったんだから」バネは半分嫌味で言った。

「お金は残ってません」

栞の顔が、突然、真顔になる。職場で見せるクールな栞に戻った。

「どれだけ金遣いが荒いんだよ」

鼻で嗤うバネを栞が鋭い目で睨みつける。

「な、なんだよ」迫力に押されて、つい怯《ひる》んだ。

「自分のために使ったんじゃありません」

「じゃあ、誰が使ったんだ」

「帰ってください」

「えっ？　片付けるのを手伝って欲しいんだろ」

「一人でやりますから帰ってください」

とりつく島もなく、つっけんどんに部屋を追い出された。

「わけがわかんねえよ……」

だが、怒りは湧いてこなかった。栞の顔に、明らかに悲しみの色が浮かんでいたからだ。

勘弁してくれよ……。こんなに扱いにくい後輩が他にいるだろうか。

バネはやり切れないまま、フルフェイスのヘルメットを抱えてエレベーターに乗った。

幕間　少年

（一九七八年　十月二十二日）

山田久志の美しいアンダースローから放たれた白球を大杉勝男がやや前のめりになりながらすくい上げた。

「あかん」

後楽園球場の三塁側内野席で阪急ブレーブスと東京ヤクルトスワローズの日本シリーズ第七戦を観戦していた赤羽光晴《みつはる》は、呻《うめ》き声を漏らした。

大杉の鋭い打球がレフトスタンドに突き刺さり、満員の歓声と怒号で球場が揺れる。これは、ただの本塁打ではない。東京ヤクルトスワローズの初の日本一を決定づける一打であり、前の前の打席で阪急ブレーブスの上田監督にケチをつけられた大杉の男の意地が生んだ二打席連続本塁打だ。

「たいしたやっちゃ」

光晴は、喜びを爆発させてダイヤモンドを回る大杉を見て目を細めた。前の本塁打はレフトスタンドのポールの真上を通過する大飛球で、上田監督の「ファールだ」という抗議が一時間以上も続いた。味方であるはずの外野手の福本豊も「はよ、やりましょや」という顔をしていた。

光晴は休日を利用して、大阪から阪急ブレーブスの応援に駆けつけたのだった。贔屓《ひいき》のチームが目の前で優勝を逃すのは腹が立つが、奇跡的にチケットを取ってくれた警視庁の平野《ひらの》幸樹《こうき》には感謝せねばならない。

平野とは十年前に大阪で出会った。平野が追っていた指名手配犯の逮捕に、光晴が一役買ったのである。犯人は、「傘男《かさおとこ》」と呼ばれたとんでもなく凶悪で恐ろしい男で、光晴も危うく命を落としかけた。それから、光晴に恩義を感じた平野が何かと連絡を取ってくるのだが、光晴としては迷惑な話だった。平野という人物がどうも苦手で、なるべく会いたくなかった。

「さあ、飲みに行きましょうか。光晴大先生」

野球観戦している光晴の隣で、アグネス・ラムが表紙の《平凡パンチ》を読んでいた平野がすっくと立ち上がった。骸骨《がいこつ》のように痩せて、丸眼鏡をかけているこの男はスポーツにまったく関心がない。四十歳の手前になっても時代遅れのキノコのようなおかっぱ頭で口髭を整えているのも苛つく。ピッタリとした紺と白のストライプのスーツの下は黒のタートルネックのセーターだ。本人はお洒落《しゃれ》なつもりだろうが、野球ファンが溢《あふ》れているこの場所では完全に浮いている。

「まだ試合は終わってへんがな」

「終わったも同然です。この流れで阪急ブレーブスの逆転はありえないでしょう。広岡監督が胴上げされるのを見たいのですか？」

「それはさすがに嫌やな……」

「球場の入場口が混雑する前に帰りましょうよ。大先生のために新宿の行きつけの店で席を押さえてますから」

「お前なあ、その大先生って呼び方やめろって、何回言わせれば気が済むねん。ケツの穴がこそばゆくなる言うてるやろ」

光晴は今年で五十一歳だ。刑事としてはベテランの域に入っているが、崇《あが》められるには早い。現役の刑事として、まだまだ現場を走り回りたいのだ。

「いけません。大先生は命の恩人なのですから。〝伝説の刑事〟とご一緒できているだけで私は幸せ者です」

平野が両手を合わせて、うやうやしく頭を下げた。

俺は神社とちゃうぞ。

呆れるのを通り越して、溜め息すら出てこない。たしかに、「傘男」の魔の手から平野を救ったが、あれはあくまでも仕事だ。大先生よりも「伝説の刑事」と言われるのはさらに居心地が悪い。最近、刑事仲間たちからそう呼ばれることが増えて嫌気がさす。

「ほな、行こうか。そこはどんな店やねん」

「着いてからのお楽しみです」

平野がニタリと笑う。この笑顔のあとには、決まって面倒に巻き込まれる。

「勘弁せえよ」

光晴は、マウンドでうなだれる山田久志を横目に、ひとりごちた。

天井の巨大なミラーボールが回転し、店内に星屑《ほしくず》のような光を鏤《ちりば》める。大音量の音楽が流れる中、若者たちが我を忘れてステップを踏んでいた。すし詰め状態で、非常に空気が悪い。

「私、この曲大好きなんですよ」

ＶＩＰ席のソファでコークハイを舐めながら、平野がまたニタリと笑った。音楽に疎い光晴でも知っている曲だ。たしか、ジョン・トラボルタという軟派なアメリカの俳優が主演の映画で、使われている曲である。ダンスはうまいかもしれないが、彼は俳優として苦労しそうだ。本当に評価されるのは歳を重ねてからだろう。

「平野よ。ここがお前の行きつけなんか」

光晴は、苦虫を嚙み潰したような顔を隠さずに訊いた。周りがうるさくて、怒鳴らないと声が届かない。

「このビルが、行きつけなんです」

光晴と平野は、新宿歌舞伎町にある《第二東亜会館》に来ていた。三階から七階までがディスコという粋狂な建物である。

「いつもは一人で来てんのか？」

「はい。おじさんを誘っても断られますしね」

「俺もおじさんやろうが」

「大先生は特別です」

平野が意味深に言った。

なるほどな。そういうわけか。

平野は、さっきからニヤついているわりには、踊るわけでもなく、不良少年や家出少女が踊っているのをじっと眺めているだけだ。中には明らかに中学生らしき者もいる。

「平野。誰を探しとんねん」

「さすが、大先生。いい勘をしてらっしゃいますね」

「おべんちゃらはやめろや。お前が追ってる犯人がここにおるんやろ」

「はい。獣が一匹、紛れ込んでいます」

平野の顔から笑みが消えた。代わりに目が爛々《らんらん》と輝いている。

この男は特殊な能力を持っていた。こと犯罪者に対しては異様に鼻が利くのだ。ただ、直感任せで捜査を進めるせいでトラブルが絶えず、警視庁では孤立していた。

まあ、俺も一匹狼やけどな。

平野が光晴を崇拝してくるのも、そこに理由があるのだろう。大阪では光晴と組む刑事はいない。命がいくつあっても足りないからだ。

「どいつや」

「奴です」

平野の視線の先に、長髪の少年がいた。熱狂しているフロアの若者の中で、一人だけ人形みたいに無表情で突っ立っている。酒に酔っている者が見れば、マネキンに見えてもおかしくない。

「どんな事件《ヤマ》や」

「二ヶ月前に起きた、世田谷区の一家惨殺です」

「ほんまか……」

全国的なニュースになったので、もちろん、光晴も知っている。閑静な住宅地で、一家四人が何者かによって殺された事件だ。犯人はまだ逮捕されていない。

「証拠はあるんか？」

「ないから、大先生を呼んだんじゃないですか」

平野が、さも当たり前のように真顔で答えた。やはり、日本シリーズのチケットは餌《えさ》だった。

こいつだけは……。

迷惑な後輩である。直感がほとんど外れないから、なおやっかいだ。

光晴は、マネキンのような少年を見つめながら、ウイスキーの入っていないコーラを飲み干した。

第二章　高い塔の着せ替え人形

（二〇一三年　一月二十四日）

6

堂上礼央奈《どうがみれおな》が、六本木にやってきて、ちょうど一年のときが過ぎた。

今日が礼央奈の十九歳の誕生日だ。

六本木のど真ん中にそびえる高層マンション。去年の誕生日に、この部屋をプレゼントされた。値段がいくらなのかは知らない。ワンルームだが、一人では持て余すほど広く、もし賃貸で借りたら、十万、二十万円できかないことくらいは、世間知らずの礼央奈でもわかる。おそらく、桁がひとつ違うはずだ。

だが、決して住み心地がいいとは言えない。最低限の家具しか置かれていないし、壁にかかっているモノクロの海の写真は、礼央奈に、魂を毎日少しずつ削り取るような孤独感を植え付けた。

一年前、田舎から逃げてきた家出少女は、ある男に拾われた。男は、薄い笑みを浮かべたまま、礼央奈の前では一度も表情を変えなかった。

そして、男は礼央奈と一晩だけ過ごし、馬鹿げた誕生日プレゼントを残して消えた。

『ここに住みなさい』

メッセージは、それだけだった。いつか帰ってくると信じて、礼央奈は男を待ち続けた。持ち金は底をつきかけていたのでアルバイトを探し、男がいつ帰ってきてもいいように掃除を欠かさず、再会したときは何を言われるのだろう、どんな命令を与えてくれるのだろうと妄想し、毎晩、指で自分を慰めた。


ベッドの中で、カーテンの隙間から差し込む光を見つめながら、じっと動かないでいる。目が覚めてから、もう一時間以上は経っただろうか。

軽く体を伸ばし、枕元のスマートフォンで時刻を確認した。

午後一時。いくらなんでもそろそろベッドから這《は》い出そう。冷たいリビングに足を下ろし、礼央奈は壁に立てかけてある大きな姿見に自分を映した。

薄いピンク色のネグリジェ。あの男が好きそうだと勝手に決めつけ、今のアルバイトの最初の給料で買った。ベッドの横の巨大なクローゼットには、そんな寂しさを紛らわすために購入した〝残骸〟が詰め込まれている。

自分の貧弱な体は嫌いだ。憎たらしいとさえ思う。背が低く、胸やお尻の〝女らしさ〟は皆無だ。だから、可愛いもので誤魔化さなければ生きてはいけない。

僕の着せ替え人形になりなさい。

一年前のあの夜、男は優しく囁《ささや》いてくれた。

これまでの人生の中で、あんなにも喜びを覚える言葉はなかった。礼央奈は、嬉しさのあまり、ベッドの上で正座をしながらポロポロと泣いた。

早く、また可愛がって欲しい。でも、もう会えないのかもしれない。

アルバイトを終えて夜一人になると、その二つの気持ちが頭の中でぐちゃぐちゃになって、昔みたいに自分を傷つけたくなる。我慢できずに《ドン・キホーテ》でカッターナイフを買ってしまった。

ダメだよ。体を切ったら。わたしは、あの人の大切なお人形なんだから。

酒を覚えて、余計なことを考えないようにした。色んな店を一人で飲み歩いたものの、なかなか居心地のいい場所は見つからなかった。だが、二ヶ月前、ようやく礼央奈の趣味に合う素敵なバーに巡り合えた。

そのバーはマンションからもアルバイト先からも近いし、何より内装が気に入っている。

店主は変人だが悪い人間ではなく、店に通い詰める礼央奈とも適度な距離を保ってくれていた。

今夜も、アルバイトが終わったら行くつもりである。いつも朝方の閉店まで居座るから、起床の時間はだいたい正午になっていた。

歯を磨いてシャワーを浴び、バスタオルを細い体に巻きつけ、ドライヤーで髪を乾かしているとき、鳴らないはずのスマートフォンから着信音が聞こえた。

心臓が潰れたかと思った。電話番号を知っている人間は、一人しかいない。

礼央奈は小走りでベッドまで戻り、震える手で枕元のスマートフォンを取って電話に出た。

「……もしもし？」声が掠《かす》れてうまく出ない。

『久しぶりだね。レオナ』

懐かしい声に、自然と涙が溢れてくる。

『泣いているのかい？』

「うん」

『悲しいのかい？』

「違う……」

受話器の向こうで、男が微笑んでいるのがわかる。わずかに唇の端を歪めただけのあの笑顔だ。

『待っていてくれたんだね。とても嬉しいよ』

「わたしも嬉しい」

体の奥底から、熱くて清らかなものが湧き出てくる。一年前、六本木の路地裏で初めて男と会ったときの感覚と同じだ。

『もうすぐ、会えるよ』

「うん」

『あともう少しだけ、我慢できるかな。レオナにひとつ、謝らなければならないことがある』

突然、礼央奈は灰色の雲に覆われたみたいに息苦しくなった。その先の言葉を聞くことで生まれるかもしれない恐怖と、聞かずにはいられない思いに挟まれて、全身が千切れそうだ。

黙りこくる礼央奈を諭すような口調で、男が言った。

『今日はレオナの誕生日だというのに、プレゼントを渡せなくてごめんよ』

「いいよ……そんなこと」

きっと彼が言いたいことは、それだけではない。灰色の雲がますます分厚くなる。もう、窒息寸前だ。

『今、レオナへのプレゼントを集めているんだ』

「集めてる？」

『そう。素敵な人形のコレクションだよ』

礼央奈にまとわりついていた鬱陶《うっとう》しい灰色の雲が、跡形もなく消えた。

「ありがとう」

『お礼はプレゼントを渡したときまで取っておいて』

「うん。わかった」

早くも幸せで胸がいっぱいになった。背中に羽でも生えたかのように体が軽くなり、礼央奈は部屋中を跳び回りたい衝動に駆られた。

大きな窓辺に近寄り、カーテンを全開にして太陽の光を思う存分、部屋へと入れる。

『何の音？』

男の声が、微かに警戒の色を帯びる。

「カーテンを開けたの」

『大丈夫？』

「何が？」

『誰かに覗かれてはいないかい？』

思い出した。初めて会ったあの夜も、六本木の夜景が見たくてカーテンを開けようとした礼央奈を男が止めた。

変わらず微笑んだままではあったが、少し怖かった記憶がある。

地上三十階のこの部屋を、一体、誰に覗かれるというのか？

「大丈夫。誰も見てないよ」

礼央奈は、できる限り穏やかな声で言った。

この男にも、死んでも他言できない闇があるのだろう。礼央奈が、両親と兄妹にしたあの、ことのように。

『それならいいんだ。気にしないで日光浴をしなさい。今日の東京は快晴だから』

東京？　すぐ側にいるの？　だったらどうして、すぐに会いに来てくれないの……。

『もうすぐだよ』男は、礼央奈の沈んだ気配を察知したのか、妙に明るい声を出した。『もうすぐ、家族が揃う』

家族。その言葉、吐き気を催すぐらい嫌い。

男は、誰かをここに連れてくる気なんだ。礼央奈は、荒々しくカーテンを閉めて訊いた。

「……どんな人たち？」

『会えばわかるさ。一昨日は〝お母さん〟で、昨日は〝お父さん〟が家に帰ってきた』

男が何を言っているのかさっぱりわからない。でも、怖くて訊き返せない。

いつのまにか、また分厚い灰色の雲が礼央奈を覆いはじめていた。

7

午後五時。六本木。

東京メトロ日比谷線の駅から地上に出たバネは、六本木通りを東に向かって歩いていた。学生のころに何度か来たことはあるが、あまり性に合う街ではない。まだ日が暮れたばかりというのに、ホストや黒人のキャッチの姿がチラホラ見える。

「この街に来るのは久しぶりです」

隣を歩いている栞が、懐かしそうに言った。心なしか、足取りも軽い。

ワイン・レッドのダウンジャケットの栞は、六本木通りを行き交う誰よりも優雅に歩いている。すれ違う男たちが目を丸くして振り返るのが、まるでコントを見ているみたいだ。ただ、昔とイメージがあまりに違うからか、かつてのあの女優だと気づく人は、不思議といない。

もう少し刑事らしく歩けよ……。

バネは栞に聞こえないように舌打ちをした。刑事としての正しい歩き方とはなんぞやと訊かれても困るが。

「女優時代はこの辺で遊びまくってたのか」

調子に乗って先を歩く栞の背中に、バネは皮肉を込めて言った。

「そうだったらよかったんですけどね」栞がミュージカルダンサー顔負けのステップで振り返る。「私、女優のときは全然友達がいなかったんです。出かけたとしてもコンビニかファミレスかレンタルのDVDを借りに行くくらいでしたし。映画の仕事がなければ、ただの引きこもりでしたよ」

「……マジかよ」

にわかに信じることはできない。刑事になる前の栞には、雑誌の表紙を飾ったり、映画祭のレッドカーペットを歩いている華やかなイメージしかないからだ。

「だって、私、性格悪いじゃないですか」

「お、おう」

栞が真顔で言うので、バネは思わず怯んでしまった。

なんだ、自覚しているのか……。

わかっているのに、それを直さないとは、いい度胸している、というか、イチ社会人としてどうなのだろう？

「私、思ったことをすぐ口に出しますし、尊敬できない相手にお世辞は言えませんし、笑いたくないときに愛想笑いはできませんから。あと、たとえ好きな人ができたとしても、フィーリングが違うとわかれば二秒で嫌いになるんです。だから、仕事以外のときは、よほどのことがない限り一人ぼっちでしたね。まあ、そのほうが楽だってのもあったんですけどね」

「まあな……」

女優はそれで通用しても、刑事の世界では、そうはいかねえぞ、とキツく説教をかましてやりたいところだが、どうも、昨夜の栞を見てから調子が狂う。

ゴキブリを異様に怖がる姿は意外だったし、金遣いの話をした途端、突然、キレてバネを部屋から追い出したことも気になっていた。何で怒らせたのか理由がわからないし、今日の栞は何事もなかったように元気で相変わらずクソ生意気なので、結局、謝っていない。

「六本木が懐かしいのは、下積み時代、ここで働いていたからです。楽しかったけど、大変だったなあ」

栞が、しみじみと目を細めて、手をうしろに組む。

……水商売をしていたのか。まあ、おかしくはないよな。

そういう話は、週刊誌などでよく目にする。まだ売れていない女優やグラビアアイドルの卵が六本木の夜の世界で金を稼ぎ、人脈を作るのだ。中にはさっさと権力者の愛人となって、芸能界のうしろ盾をゲットする子もいると聞く。

「その……働いてたのは、キャバクラか？」

バネは、遠慮がちに訊いた。栞クラスなら、座っただけで数万円もするような高級クラブかもしれない。

「いいえ。豚骨ラーメン屋です」栞が、あっけらかんと答えた。「最初はホール係で入ったんですけど、労働環境が最悪で、社員が次々と辞めるから、最終的には私が雇われ店長の地位まで上り詰めて、ラーメンをガンガン作ってました。全盛期は五つ同時にチャーシュー麺を作りましたよ」

「ど、どうして、ラーメン屋なんだよ？　女優なら、普通はもう少し時給が高い場所を選ぶだろ」

栞が、丼に豚骨スープを入れたり、替え玉を湯掻いている姿はまったく想像できない。だが、無駄な冗談を毛嫌いする栞のことだから、嘘ではないだろう。

「一度、キャバクラの体験入店に行ったんですが、馴れ馴れしく太腿《ふともも》を触ってきたエロ親父をグーで殴って前歯を折って裁判沙汰になってから、水商売は向いてないと悟りまして……」

栞が照れ臭そうに頭を掻く。気が強いのは知っているが、そこまでやるとは思ってもみなかった。

たしかに、酒に酔った男に媚を売り、しなを作る栞は見たくない。少しだけ栞に親近感が湧いてきた。

「ラーメン屋の仕事は、そんなにハードだったのか」バネは、訊いた。

「朝の七時まで営業してましたからね。そこから店の掃除で、しかも、ランチは十一時からです。当時は、あまり深くは考えなかったですけど、むちゃくちゃですね。よく倒れなかったものだわ」

「ハンパねえな。ていうか、どう考えても働き過ぎだろ」

「六本木では珍しくない営業形態ですよ。毎晩、色んなタイプのお客さんが来たから、演技の参考にするには持ってこいでしたね。同じカウンターで、お笑い芸人と暴力団員とIT企業の社長がラーメンをすする光景なんて、なかなか拝めないでしょ」

栞が、目を細めて口元を緩める。キョロキョロと落ち着きがないのは、知り合いでも探しているのだろうか。

何かムカツくぜ。

バネは、あえて苛つきを隠さず、大げさに顔をしかめた。

「思い出に浸ってる場合じゃないぞ。早く、その店に案内しろ」

「えっ？　ラーメン食べるんですか？　私、あまりお腹減ってないんですけど。お昼におうどんを大盛り食べちゃいましたし……」

「馬鹿野郎！　ラーメンじゃねえ、お前がネットで見つけた例のバーだよ。名前は何だっけ？」

「そうでしたよね。すいません。バーの店名は、《ドールハウス》です」栞が、アピールするかのように自分のスマートフォンで地図を調べ出す。

「そのまんまの名前だな」バネは鼻で嗤った。

　栞が関東のマネキンの製作所や工場を片っ端から調べた結果、大田区の大森にある工場が、六本木のバーに二十体も出荷しているというデータを見つけたのだ。

　しかも、出荷時期は、わずか二ヶ月前である。

　こんなにも簡単に足がつく証拠をマネキンキラーが残すとは思えないが、何かの手がかりになる可能性もなくはない。

　警視庁の会議室で腕組みをしながらホワイトボードと睨めっこをする八重樫育子に、「期待してないけど、二人で行ってきて」と指令を出されたのだ。

「お店のホームページでは、《ドールハウス》の営業時間は十八時からとなっていました。閉店時間は朝の四時です。六本木にしては閉めるのが早いから、たぶん、個人経営なんじゃないかな。スタッフは少ないと思われますね」

「よしっ。客が飲みに来る前に、さっさと聞き込みに行くぞ。この時間なら、もう仕込みぐらいはしてるだろうしな」

「一応、電話で確認しましょうか？」

「いや、不意をつく」

聞き込みの基本だ。アポを取れば、それだけ嘘を考える時間を与えてしまうことになる。突然の刑事の訪問に対するリアクションを見たい。

六本木通りから、六本木交差点を左折し外苑東通りを北へと上がり、途中、右手の細い路地を奥へと進んでいくと、《ドールハウス》が入っている商業ビルがあった。

一階には黒豚のしゃぶしゃぶ屋、二階には本格的なナポリピッツァのイタリアンが店を構えている。〝六本木のわりに〟という言い方が合っているかはわからないが、こぢんまりとしていて、お世辞にも綺麗《きれい》とは言い難いビルである。

目的の《ドールハウス》は地下だった。他にも怪しげな雰囲気のバーやスナックが並んでいる。

ただ、時間が早いせいか、どの店もまだオープンしてはいない。

バネと栞は顔を見合わせて頷いた。栞が、《会員制》と札が貼られた黒いドアをノックする。

「まだだよー。六時に来てねー」

店内から、間延びした男の声が聞こえた。

声だけで判断してはいけないが、緊迫したムードは伝わってこない。「悪いことをしている人間は、ノックの音にさえも過敏に反応するものだ」というヤナさんの教えからすれば、そこまでの警戒は必要ないだろう。

だが、もちろん油断は禁物である。悪党の中には、一般の常識では測りきれない図太い神経の持ち主がいる。もっとひどくなれば、自分の行動の善と悪の区別がつかないような真の悪党も稀に存在するのだ。その種の人間は、殺人すら肯定して、一ミリも反省や後悔をしない。

「失礼します」

琹がドアを開け、ズンズンと大股で店に入っていった。

無鉄砲にもほどがある。相手の素性がわからないのに無防備で近づくなんて、あまりにも無警戒だ。

仕事に熱心な琹は、いつも警視庁の狭い会議室に閉じ込められているばかりで活躍の場が得られず、難事件に飢えていた。今回のマネキンキラーの件は、見ているこっちがハラハラするぐらい張り切っている。

「誰？」

痩せこけた中年男が、薄暗い店内のカウンターで、テイクアウトの牛丼を食べていた。眠たそうに栞とバネを交互に見て、面倒臭そうに眉をひそめる。肌は浅黒く、目の下の隈が目立ち、ボサボサの髪と口髭と顎鬚《あごひげ》を無造作に伸ばしている。決して、清潔感があるとは言えない出《い》で立ちだ。

店は狭く、カウンターしかなかった。酒棚に並ぶボトルのほとんどにキープの名前が書かれているところを見ると、常連客に支えられている店らしい。

「少しお話を聞かせていただけますか？」

栞が、警察手帳をチラリと見せて言った。

堂々とした立ち居振る舞いが様になり過ぎている。映画に出てくるヒロインの女刑事にでもなり切っているのだろう。

そこまで恰好つけなくてもいいじゃねえか。

実のところは、栞に恰好つけているつもりなどないかもしれない。しかし、絵になり過ぎていてムカツいて仕方がない。そんなことに苛つく自分が情けなくて嫌になる。

「えっ？　何か事件でもあったの？」

痩せた男は、こちらが警察だと知ってもさほど動揺は見せず、小指の爪で歯に挟まった肉を取ろうとしている。

なかなか図太いな……。

いや、これぐらいのメンタルの強さがなければ、魑魅魍魎《ちみもうりょう》が集う夜の六本木で店をやっていけないのだ。

「この店のオーナーは？」

「俺だけど」

栞の質問に、痩せた男がかぶせるように答えた。

「二ヶ月前に、二十体のマネキンを購入しましたか？」

「うん。したよ」

痩せた男が何の躊躇《ちゅうちょ》も見せずに言った。ごく自然な反応で、隠しごとをしている雰囲気ではない。

「そのマネキンは今、どこにありますか？」

栞が、間髪を容れずに問い詰める。背が高い分、カウンターの椅子に腰掛けている痩せた男を威圧感たっぷりに見下ろしていた。

痩せた男が、牛丼を食べるのをピタリとやめて、突然、立ち上がった。

「栞、下がれ」

斜めうしろにいたバネは、素早く栞の腕を摑んでグイッと引き寄せ、強引に体を入れ替えた。

「ちょ、ちょっと」

見た感じでは、この男の戦闘能力は低い。ガリガリに痩せた体にまともな筋肉はないし、だらけ切った立ち姿から、何か格闘技をやっているとも思えなかった。

しかし、喧嘩の強さは、見た目では測れない。

どんな奴でも、舐めたらあかん。

その昔、伝説の刑事と呼ばれた祖父の教えである。バネは、幼少のころ、その祖父から徹底的に喧嘩のイロハを叩き込まれた。

痩せた男は右手に割り箸を握っていた。それで、こちらの目や喉を突いてくるつもりだろうか。対処しなければならないが、店が狭い上に、真うしろに栞がいるため、バックステップは使えない。

そうとなれば、相手が踏み込んできたタイミングに合わせて、低空タックルだな……。角度的にカウンターに後頭部を強打させることもできる。

バネは軽く腰を落とし、集中力を高めた。

「マネキンなら、あんたたちのすぐ側にいるよ」

痩せた男がニタリと不気味に笑い、おもむろにカウンターの横の照明のスイッチを入れた。間接照明で店内が明るくなった瞬間、上を向いた栞が「あっ」と短く息を呑んだ。

「何だよ、これ……」

栞の視線を追ったバネも思わず、唸った。

天井にビッシリとマネキンたちがいた。針金のようなもので固定されている。どれも服は着ておらず、中には、手足や頭がないものもあった。

マネキンだから当たり前ではあるが、どれも無表情で、それが余計に異様な光景を演出している。

「インテリアだよ」痩せた男が得意げに言った。「公務員のあんたらには、わからないセンスだと思うけど」

「悪くないわ。カッコいいと思う」

栞が、とても元女優と思えない棒読みで、下手くそなお世辞を言った。

「だろ？　ウチのお客さんは変わった人たちが多いから」

「どう変わってるの？」

「普通の人生じゃ、満足できない人たちさ。よければ、一回、客として飲みに来てくれよ。

きっと、違う世界を垣間見ることができる」

　痩せた男がそう言って、意味深な笑みを浮かべる。

「ぜひ、お邪魔させてもらうわ。ところで……」栞がジッと天井を見つめながら訊いた。

「マネキンが十一体しかいないんだけど、残りの九体はどこにいるのかしら？」

8

　午後六時半。

　すっかり陽が落ちた六本木の街を、バネと栞は無言で歩いていた。平日だというのに色んな国籍の人々が溢れ、独特の賑《にぎ》わいを見せる。

《ドールハウス》を出た二人は、外苑東通りと六本木通りの交差点を渡り、痩せこけた中年の男（彼は石《いし》ノ森《もり》と名乗った）に教えられた場所へと向かっていた。

「私が女優になった理由を教えましょうか」

　バネの少しうしろを歩いていた栞が、背中越しに声をかけてきた。

「何だよ、いきなり」

「私の過去を知りたいんでしょ？　先輩、昨夜から様子が変ですもん」

「私が女優になったのは、両親への復讐《ふくしゅう》なんです」

栞が勝手に話し出した。今日に始まったことではないが、とにかくこいつとは話が嚙み合わない。

「何だよ、復讐って」

バネは溜め息を吞み込み、仕方なしに話を合わせた。

「私の実家は典型的な中流家庭です。千葉のニュータウンのマンモスマンションに住んでました」

「へえ、お前、千葉出身なのか。千葉のどこだよ」

「それはどうでもいいことなので省略させてもらいます」栞がピシャリとバネの質問を遮り、回想を続ける。「小学校まではそれなりに幸せに暮らしていたんですけど、私が中学生になってすぐに、両親が予告もなしに離婚をしました。しかも、離婚の理由がないんです」

「はあ？　理由がないのに別れたのか？」

「はい。ウケるでしょ」栞が、苦笑いで頷いた。

「夫婦にまでなった男と女が離れるんだから、何か理由があるだろ」

なぜ、このタイミングでこんな話をしなければいけないのか。付き合ってしまう自分も相当なお人好しである。

「ですよね？　でも、本当に何も理由はなかったんです。私も多感な時期だったし、ヒステリックになって何度も両親を問い詰めましたけど。強いて言うなら、『いきなり互いのことがどうでもよくなった』ですかね」

「何だ、それ？　直接、そう言われたのかよ」

「いえ、言われなかったけど、二人の態度がそんな感じでした」栞が、バネの真横に並び、大げさに肩をすくめる。

「ふうん。で、栞は、父親と母親のどっち側についたんだ？」

「別々には暮らしませんでした」

「へ？」

「離婚はしたんですけど、まだ幼かった私のことを考えて、同居は続けたんです。最悪だと思いません？」

「何かそれ……逆に嫌だな」

「でしょ？　別れたんなら潔く、離れて暮らして欲しいですよね。あのころは、ひとつ屋根の下で家族と過ごすのが地獄のように苦痛でした」

「両親が喧嘩ばかりしてたのか」

「その反対です。いつもニコニコして、親友みたいに仲がいいんです。もちろん、演技なんですけどね」

想像しただけで、息が詰まりそうになる。栞ほどではないが、バネも、愛想笑いはするのもされるのも苦手だ。

「栞はどんな態度を取ってたんだ？」

「そのときの私は演技なんてできなかったから、毎日、癇癪《かんしゃく》を起こして泣き喚《わめ》いていました。とにかく、両親が私に〝いい娘〟の演技を要求するのが嫌で嫌で……」

栞が、当時のことを思い出したのか、ひどく顔をしかめる。

「……かなり、キツいな」

「家出も考えましたが、お金も度胸もなかったですし、違う形で仕返しを考えて実行したんです」

「グレたのか」

「いいえ、児童劇団に入りました」

「何で、また……」

「私が演技を学んでうまくなれば、両親たちが私の前で演技をやりにくくなるでしょ。演出家みたいな冷めた目で、毎日、両親たちの茶番劇を眺めてやりましたよ」

　バネは思わず笑ってしまった。栞の一筋縄ではいかない変わった性格は、そのころに形成されたのだろう。

「歪んでるな」

「無理してニコニコしてる両親に、私が『下手くそ』とか『顔が引き攣ってる』とか『笑顔が不自然』とか『この大根！』ってダメ出しを連発しはじめたら、次第に二人ともまったく笑わなくなりました」

「子供にダメ出しされたくはないわな。でも、大根は言い過ぎだろ」

「家族なのに、本心を押し殺して上辺だけで付き合っている環境が、我慢できなかったんです」

　栞が、今からタイマンに向かうヤンキーみたいに、右の拳を握りしめ、左の手のひらをパンパンと音を立てて殴った。

「でも……どこの家庭もそんなもんじゃねえかなあ。家族だからこそ、言いたくないことや見せたくない姿があるしさ」

「バネ先輩の家庭もそうだったんですか？」

「うーん。俺のとこはジジイが特殊だったからなあ」

「光晴さんですよね。ヤナさんから色々と伝説を聞かせてもらいました。私、光晴さんの生き方に憧れます。真っ直ぐで何の曇りもなくて」

「本人はそれで良くても、周りは迷惑なんだよ」

バネは、祖父と過ごした過去を振り返り、どんよりと重たい気持ちになった。

ことあるごとに竹刀《しない》を持った祖父に追いかけ回されたのは、素敵な思い出とは言い難い。どちらかと言えばトラウマである。

子供時代のバネは、何度も両親に助けを求めたが、誰も祖父の暴走を止められなかった。あのときは、恐ろしい祖父よりも、味方をしてくれなかった両親を恨んだものである。

しかし、結果としては祖父に鍛えられたおかげで、昨日のファミレスでも、ダガーナイフを持った高山を倒すことができた。当時の両親は、祖父による地獄の訓練を辛抱強く見守ってくれていたのだ、と感謝すべきなのかもしれない。

「私、正直、怖いんです」

「何が?」

「将来、結婚をして自分の家族を作ることがです。こんな性格だから夫や子供とうまくやっていけるか不安で……」

栞の思い詰めた顔に、バネは堪え切れずに噴き出した。

「何で笑うんですか?」

「どんだけマイナス思考なんだよ。結婚相手もいないのに考え過ぎだろ」

元女優で絶世の美人である栞に彼氏がいないのは、警視庁の七不思議に数えられている。独身刑事たちの間では、「栞はレズビアンで、八重樫育子に惚《ほ》れているのでは」ともっぱらの噂である。

「今は恋愛してる暇がないから、彼氏はいらないんです」

六本木のネオンに照らされる栞の横顔が赤くなったのを、バネは見逃さなかった。たまには可愛げのある表情をするではないか。

そうこうしてるうちに、西麻布の交差点にあるアイスクリームの専門店に着いた。

「ここが、《ドールハウス》のマスターが言ってた店ですね」

石ノ森は、「常連客の女の子に、九体のマネキンを譲った」と素直に話した。

その常連客は、二十歳前後のロングの黒髪の女で、このアイスクリーム店でほぼ毎日アルバイトをしているらしい。

名前は、レオナ。石ノ森もフルネームは知らない。

店内に入るまでもなく、ショーウインドウから、石ノ森が説明した特徴と一致する女がレジに立って接客をしているのが見えた。非常に小柄で華奢《きゃしゃ》な体つきで、猫を思わせる目をしている。店の照明のせいなのか、肌が陶器のように白く、まるで血が通っていないかのようだった。

バネは外で待機して、栞だけが店内に入り、レオナ本人なのかを確認しに行った。午後八時にアルバイトが終わるとのことなので、バネたちは近くのカフェで時間を潰した。

「お待たせしました」

午後八時十五分、薄いピンクのモコモコしたコートを着たレオナが現れた。栞からある程度の説明は受けているはずなのだが、不安げな表情を崩さず、席に座る。

「ごめんね、突然」栞が優しく声をかける。「暖房が利いてるし、コートを脱いだら？」

「あ、はい……」

レオナは、戸惑いながらコートを脱いだ。

やけに肌が白い。ロシアや北欧の少女みたいだ。ハーフかクオーターなのか、もしくはカラーコンタクトを入れているのか、瞳がうっすらと青い。

コートの下から、レースのカーテンのような素材の白いワンピースが現れた。

「可愛い服。お人形さんみたいね」

「ありがとうございます……」

レオナがそわそわと落ち着かない様子で、長いストレートの髪を触った。

「いくつか訊きたいことがあるの」栞が、さっそく質問を開始した。「さっき、《ドールハウス》の石ノ森さんから伺ったんだけど、彼からマネキンを譲ってもらったようね」

「はい……」レオナがボソボソと小声で答える。

「なんでもらうことになったの？」

「最初は、《ドールハウス》のカウンターの中とか、トイレとか、席に座らせたりして飾られてたんですよ。そしたらある日、石ノ森さんが、お店が狭いし、お客さんも増えてきたし、邪魔だから捨てるって言ったから……」

「欲しいとお願いしたのね」

「はい」レオナがコクリと頷く。

「今、そのマネキンたちはどこにあるのかしら？」

「それは……あの……」

「とても大切なことだから、嘘をつかずに教えて欲しいの」

栞が、優しい口調ながらもプレッシャーをかけていく。

しかし、レオナは俯いて細い肩を震わせ、黙りこくったままだった。

栞が、バネとチラリと目を合わせ、助け船を促す。今度は、バネにプレッシャーがかかる。

ここは、先輩の威厳を見せなければならない。

「何も怖がらなくていいんだよ。君を逮捕するわけではないし、あくまでも、まだ事件の手がかりを探している段階だからさ」

バネは、できる限り爽やかな笑顔を作った。

栞は美人だが、どこか冷たい印象がある。その点、バネの顔は人懐っこさがある。それは歴代の恋人たちからのお墨付きだ。

さあ、心を開いてごらん。

さらに目を細め、零れんばかりのスマイルで、バネはレオナを見つめた。

「マネキンはどこにあるのかな？」

「……にしてください」

レオナが何か答えたが、蚊の鳴くような声なので、店内ＢＧＭのＪポップに掻き消されてよく聞こえない。

「もう一度、いいかな？」

「二人にしてください」レオナの顔がみるみるうちに赤くなる。

「わかった。栞、外で待っていてくれ」

「……了解」

栞が、ムスッとした顔で席を立とうとした。

勝った！　いくら、行動分析に長《た》けていようが、結局は人間同士のコミュニケーションがものをいうのだ。

「ち、違います」

レオナが顔の前で手を振り、慌てて否定する。

「へっ？」

「この女の人と二人にしてください。それなら、全部、話します」

栞が勝ち誇った顔でニンマリと笑い、追い払うようにバネに向けて手を振った。

9

壁時計は九時ちょうどを指していた。広いリビングルーム。カーテンの隙間から、夜の街灯の光が差し込んでくる。

午後の九時なのか……。

畠山は頭を振り、朦朧とする意識を何とか覚醒《かくせい》させようとした。

胸が強く圧迫されているかのように苦しい。脈も明らかに不規則だ。

畠山は、食い込んだ針金で血が滲《にじ》む両手首を見た。食卓の椅子にガッチリ固定されていて身動きが取れない。両足も同じだ。足首が痛い。

体重が百キロ近い畠山が、あれだけ暴れても、この椅子はビクともしない。おそらく特注なのだろう。

あの男は、人を拉致して監禁するのは初めてではないはずだ。こんな異常な行為なのに、あまりにも手慣れている。

「おはようございます」

畠山の背後から声がした。あの男だ……昨夜、宅配ピザ屋の店員に扮して現れ、畠山の意識を奪った。会社からこの家まで、どうやって運ばれたのか、途中の記憶はまったくない。

「ディナーの時間ですよ」

エプロン姿の男が、やけに優しい声で言い、食卓のカセットコンロに鉄鍋を置いた。

「最後の晩餐《ばんさん》はすき焼きか」

畠山は、精一杯の皮肉で返した。

「最後なんて言わないでくださいよ。寂しいじゃないですか」

静か過ぎる笑みを浮かべる。

……コイツは完全な異常者だ。

最初目が覚めたとき、朝の七時だった。

今と同じ状態で食卓の椅子に括《くく》り付けられていた。

何よりも驚いたのは、食卓に豪勢な朝食が並んでいたことだ。

メニューは、鯵《あじ》の干物、ワカメの味噌汁、冷や奴、ほうれん草の胡麻和え、切り干し大根、だし巻き卵、ポテトサラダ、シラスおろし、納豆、焼き海苔《のり》など、食べ切れないほどの品数だった。

それらを無理やり食べさせられたあと、首の横に注射を打たれて、また意識を奪われた。

そして、昼食にはカツ丼を与えられ、今に至る。

「寂しいだと？　ふざけんなよ、てめえ」

畠山は怒りで肩を震わせた。拘束されていなければ、ラグビー部時代に散々鍛えたタックルで吹っ飛ばしてやるのに……。

「僕は、すき焼きの味付けは関西風が好みなんです」男がカセットコンロの火をつけながら言った。「畠山さんもそうですよね？」

「違うよ、馬鹿野郎。俺は神奈川生まれの神奈川育ちだ」

「たしか、戸塚ですよね？　地元でわんぱくなお子さんたちを育てたかったのに残念ですね」

全身の汗が、一気に引いた。この男は、どこまで知っているというのだ？

「か、家族には手を出すな。た、頼む」

「ご安心ください。あなたの家族には興味はありません」男がふと真顔になる。「僕が大切なのは、自分の家族だけですから」

「な、何が言いたい？」

「言葉のとおりです。だって、この世で一番の宝物は家族でしょ？」

男が目を細めて、食卓に座っている三体のマネキンを見つめた。マネキンはパジャマ姿で、畠山も同じ恰好をさせられている。

理解不能だ。さっきから、ずっと鳥肌が立っている。

「おいおい、まさか、動かないそいつらを家族だとか言うなよ」

畠山は無理やり鼻で嗤ったが、掠れた音しか出なかった。

「いいえ、違いますよ」男が嗤い返す。「これは、どう見てもただの人形でしょ。何を言ってるんですか？」

「いや……でも……」

畠山は言葉を詰まらせた。ますます胸が苦しくなる。

じゃあ、この人形は何だよ？　食卓に座らせて何がしたいんだ？

この男の恐ろしさは、摑みどころがない。家族と別居していることや住んでいる場所なら、それなりの機関を使えば調べることもできそうだが、どうやって畠山の味の好みまで調べたのかは見当もつかない。

若手社員のころに出張先の京都で、鴨川《かもがわ》の川床で老舗のすき焼きを食べて以来、砂糖をてんこもりにする関西風に転向。割下を使う関東風は敬遠しているのだが、人に言ったことはないはずだ。

「畠山さんには父親になって欲しいのです」

「はあ？」

「ある高い塔に、孤独なお姫様が一人寂しく暮らしています」

まるで、童話でも語り出すような口調だ。

男は淡々と続けた。

「そのお姫様が何よりも欲しかったのは、宝石でもご馳走でもなく、素敵な家族でした」

「俺に……そのお姫様の父親役をやれってか？」

「役ではありません。本物の父親になってもらいます」

「ふざけるな。この針金を早くほどけ。俺は家に帰りたいんだ」

「誰も待っていない家にですか？」

男が鉄鍋に乳白色の牛脂を塗りつけ、見事なサシが入った牛肉を一枚敷いた。鉄鍋の前には、生卵を溶いたお碗が置いてある。

「……大きなお世話だ」

息子たちの顔が過《よぎ》る。この時間なら妻と風呂に入っているか、もう寝床についているだろう。

「高い塔のお姫様は、畠山さんを待っていますよ」

砂糖と醬油《しょうゆ》の香ばしい匂いが立ち込める。調理の手際がいい。どう考えても素人の動きではない。

「お前、プロの料理人か?」

もしくは、元プロなのか……。

「僕の仕事の話をしてもつまらないですよ」

「どれだけ脅されようと、俺はそんな得体の知れない女の父親なぞになる気はない」

あまりにも馬鹿馬鹿しい。恐怖を通り越して、ムカついてきた。

「いい具合に焼けました」

男が菜箸で肉を摘まみ、お碗の生卵に潜らせる。

「食いたくない」

食欲はゼロだ。昼には豪華なカツ丼を食べさせられ、また注射で眠らされた。

「食べてください。でないと、父親にはなれませんよ」

「嫌だ」

畠山は、駄々っ子みたいに固く口を閉じた。

「どうすれば食べてくれますか？」

無言で抵抗を貫き、肉を摘まんだままの男との睨み合いが続いた。

男が観念したように溜め息をつき、肉をお碗に捨てるように置いた。

ざまあみろ。こんな若造に屈してたまるか。

……ん……？　若造なのか？

宅配ピザ屋の店員のときは、二十代か三十代かと思っていたが、この落ち着きようを見ると、もっと上の可能性もある。かなり若作りしている四十代と言ってもよさそうだ。

とにかく、この男は年齢不詳だ。ごく平凡で、顔にこれといった特徴もない。今こんなに酷い目に遭っているが、離れて数日経てば、男の顔をすっかり忘れられる自信があった。

「わかりました。僕だけが要求するのがフェアじゃないと感じてらっしゃるんですね」男が首を傾《かし》げ、畠山の顔を覗く。

「まあ、そういうことだ」

よしっ。このまま、主導権を握ってやる。

「では、畠山さんも僕に何かお願いをしてくださいよ」

「何度も言ってるだろ。この針金をとっとと外せ」

「ダメです。それはいずれ外しますから、他の要求にしてくださいね」

「いずれっていつだ？」

「お肉を食べてくれたら外しますよ」

そう簡単に信じるな。拘束されているのはこっちだ。すぐに肉を食べたところで、針金を外してくれなければ最悪である。ここから脱出するためには、駆け引きに勝つ他はない。

「お前の名前を教えろ。フルネームだぞ」

「そんなことでいいんですか？」男があっけらかんと言った。

「嘘はダメだぞ。免許証を見せろ」

「わかりました」

男が、ジーンズのうしろポケットから、財布を取り出した。

本当かよ……。いよいよ、まともじゃない。でも、本名さえわかればこっちのものだ。解放されたあと、脅して大金をぶんどってやる。

「どうぞ」

男が堂々と畠山の顔の前に、免許証を曝《さら》した。生年月日や住所は指で隠れて見えないが、名前はバッチリわかった。

菊池《きくち》一久《かずひさ》。

この免許証が偽造ではない限り、これがこの男の本名だ。

「では、すき焼きを食べてください」

ニッコリと笑った菊池一久が、食卓に一旦置いていた菜箸を握った。

「食いたくないって言ってるだろう」

畠山は顔を背け、あからさまに拒否した。

菊池一久が、笑顔のまま固まる。

どうだ。約束を破ってやったぞ。傷ついたか？　どうせお前も針金を外す気はないんだろ？

「あーんしてもらいますね」

菊池一久の声のあと、右手に激痛が走った。

「ぎゃあああ」

畠山は悲鳴を上げて、体を激しく揺らした。よく見れば、右手の甲に長い菜箸が突き刺さっているではないか。

「な、何をしやがる！」

答えの代わりに、菊池が手摑みの肉を畠山の口の中にねじ込んだ。そのまま背後に回り、細くて筋肉質な腕を畠山の首に回す。

「約束どおり、お家に帰してあげます」

抵抗する間もなくグイグイと首を絞められ、畠山の意識が遠ざかっていく。

あれ？　今度は注射を使わないのか？

……違う。この絞め方は、永遠に眠らせるつもりだ。

「ほげ……」

菊池一久は、最初から畠山を殺すつもりでここに連れてきたのだ。高い塔に住むお姫様に、会わせる気などなかったのだ。

畠山の脳裏に、ひとつの疑問が浮かぶ。

いや……待てよ……そのお姫様こそ……生きてるのかよ？

死にゆく畠山を、マネキンたちがじっと見ていた。

幕間　公園

（一九七八年　十月二十三日）

その家は、黴《かび》の臭いがした。実際に、黴が発生しているわけではない。刑事としてベテランの光晴だからこそ感じることのできる、血の乾いた臭いだ。

光晴がリビングの食卓を眺めながら呟いた。

「……ここが現場か」

「はい。菊池家が襲われたのは、午前九時の朝食時です。二人の子供は絞殺。父親と母親は棒状の凶器で頭部を殴打されたあと、絞殺されました」

平野が、青白い顔色で丸眼鏡を指で上げる。事件当時の惨状を思い出しているのだろう。

二人は世田谷区の住宅地にある一軒家に来ていた。午後の柔らかい光がカーテンの隙間から差し込み、うっすらと埃《ほこり》に覆われた上品な家具を照らす。近所のどこかでラジオの音が漏れている。この空気にそぐわない脳天気な音楽で、最近、デビューしたばかりのサザンナントカというバンドの勝手にナントカという曲だ。

ほぼ新築の物件だが、おそらく買い手はつかないだろう。幸せ溢れる瞬間が獣の手により一瞬で破壊された場所なんて、誰も住みたくはないはずだ。

「悪魔の仕業としか思えへんな」

「その悪魔は大手を振ってのうのうと生活しています」

「生き残った幼児は今はどうしてるねん」

「親戚の家に預けられているはずです」

末っ子の男の子だけ、犯人の毒牙にはかからなかった。たしか、二歳か三歳の幼子だったはずだ。無傷で、家族の死体の中に放置されたのだ。

助かったのはよかったが、幼い心を打ち砕く、あまりにも悲惨な出来事だ。彼にとって生涯続く心の傷となるのは間違いない。

「なぜ、あのガキが犯人だと思ったんだ？」

昨夜、ディスコにいたマネキンのような若者のことだ。平野はここ数週間、若者の尾行を重ね、住処や生活パターンまで把握していた。驚くことに、都内の学校に通う、まだ十六歳の高校生だった。

「惨殺事件が起きてからの二ヶ月間、菊池家の隣にある公園の脇に車を停めて、張り込みを続けたんです」

「ほんまか？」

家の隣は、申し訳程度に遊具がある小さな児童公園だった。事件以降、近所の人は利用するのを避けているのか、誰もいなかった。

「もちろん、担当している他の事件の合間を縫ってですけどね」

平野の執念深さは数々のトラブルの原因となっている。直感に優れ、執念深いというのは、刑事としては好ましい資質ではあるが、度を越すのは頂けない。

「奴が現場に戻ってきたんやな？」

「はい。それも三度も」

「でも、この家に侵入したわけやないんやろ」

「三回とも、公園のブランコに腰掛けて、長時間この家を見ているだけです」

当然ながら、たったそれだけで容疑者にできるわけがない。それでも確信があるのか、平野は独断で動いている。

「すでにお前の存在を悟られとるかもな」

「ありえますね……。それはともかく気味の悪いことに、奴からは、現実を生きている人間の気配がしないんですよ。どうも、菊池家と奴の接点は見当たらないし、ただの快楽殺人って線じゃないかって気がするんですよね」

平野の直感が正しければ、マネキンの少年は、これといった動機もなしに菊池家の人々を惨殺したことになる。

いや……奴なりの動機があるはずや。想像もつかへんが、奴がまともな人間なら、何からの理由が必ずある。

光晴はカーテンの隙間から、隣の児童公園を覗いた。ちょうど、風に揺れるブランコが見える。

「たとえ、奴を逮捕できたとしても、少年法で守られるのがオチや」

「わかっています」平野が珍しく悔しさを前面に出し、歯軋《はぎし》りをした。「でも、どういう形になろうとも、私は奴を仕留めます」

「早まったらあかんぞ、平野」

「奴は必ず、次の犯行に手を染めます。大先生はそう思いませんか？」

丸眼鏡の奥で、平野の細い目が充血している。

東京に呼ばれた真の理由がわかった。平野は、光晴に背中を押して欲しいのだ。

「俺が大阪に戻るまで、我慢しろや」

「いつお帰りになるのですか」

「……明後日《あさって》だ」

本当は今日のつもりだった。だが、このまま平野を残して帰るわけにいかない。

「さすが、大先生だ。あと四十八時間で、奴を逮捕できる証拠を見つけ出してくれるんですね」

「そうせんと、お前が奴を殺すやろ」

「これ以上、被害を出さないために、私が犠牲になります」

平野が、下唇を嚙み締めた。平野に家族はいない。妻も子供もなく、両親を早くに亡くし
ている。孤独であるがゆえに、刑事の仕事を愛しているのだ。そして誰よりも正義感が強い。

「約束してくれや。俺が帰るまでは絶対に奴には手を出すな」

「わかりました」

平野が素直に頷いた。とりあえず今日明日に平野があのマネキン少年に挑むことはなくな
ったが、その間に光晴が証拠を見つけなければ、即座に少年を殺害するつもりで腹を括って
いるだろう。

「それはそうと、お前、そろそろ所帯を持てや」

「唐突ですね」

平野が鼻で嗤う。十年の付き合いになるが、こいつの浮いた話は聞いたことがなかった。

「家族はええぞ。仕事にも張りが出るしな」

光晴には、妻との間に中学生になる息子がいた。マネキンの青年と同じ年頃だ。

息子には、刑事になってもらいたくないし、そもそも本人が「刑事にだけはならない」と宣言している。母親に似たのか、気が優しくて争いを好まず、性格的にも向いていない。

ただ、光晴は心のどこかで、自分の血を引く男に、いつか自分と同じ道を歩んで欲しいと思ってもいた。息子はありえないとしても、もし、孫ができて、その子に素質があれば、光晴が刑事として学んだすべてを教え込みたい。

「家族はいりません」

平野が表情を強張らせる。平野はこれまで、早くに亡くした両親の死因について、頑《かたく》なに話そうとしなかった。

「なんでや？」

「……怖いからです。光晴さんもそうですよね？」

「怖い？」

「そうです。失うことを考えるだけで、怖いんです」

「ああ。たしかにめっちゃ怖いな。家族ができたとき、生まれて初めて、自分の命よりも大切なものができてもうた、って思ったわ」

「守るものができると、刑事として生きていけなくなりそうで……」

平野がよろめき、食卓に手をついた。

この穢《けが》れのない心を持った男に、取り返しのつかない過ちを犯させてはならない。義憤に駆られて殺人など、たとえ相手がどんな悪党であろうと、決して許してはならない。

「でもな、平野、男は守るものがあるからこそ、強くなれるんや」

光晴は、平野の肩に優しく手を置いた。……と、その瞬間、得体の知れない不穏な感覚が全身を走り抜けた。

光晴は、慌ててカーテンの隙間から、隣の児童公園を確認した。

ブランコが揺れている。風ではない。ついさっきまで誰かが乗っていたのは間違いない。

ブランコは、いつまでも強く、揺れていた。

第三章　殺人鬼は側にいる

（二〇一三年　一月二十五日）

落ち着け。クールになれ。男なんだから取り乱すんじゃねえぞ。

午前七時十五分。バネは甘い香りがするベッドの中で、天井を見つめながら何度も自分に言い聞かせた。

10

香りの主は、隣で寝ている栞だ。軽い寝息を立て、バネに長い腕と脚を絡《から》めている。

腕に柔らかいものが当たっていた。スレンダーだと思っていたが、この感触はかなりデカい。隠れ巨乳だ。

一体、俺たちに何があった？　そもそも、どうして俺は栞の部屋にいるのだ？

昨夜の記憶が曖昧《あいまい》だ。栞と捜査を兼ねて、六本木の《ドールハウス》でハイボールを飲んでいたところまでは覚えている。

状況から判断すると、そのまま栞の部屋に来て、飲み直したのか……。

首だけを捻《ひね》って部屋を見渡すと、床に缶ビールや缶チューハイやポテトチップスの袋が散乱している。

果たして、飲み直しただけか？

問題は、ベッドにいる二人の恰好である。栞はナースのコスプレで、バネはボクサーパンツ一枚のあられもない姿なのだ。

自信はないが、たぶん、セックスはしていない。そんなことをすれば、大変なことになってしまう。バネに今、恋人はいない。だが恋愛に関しては硬派な面がある。歴代の彼女たちからは「昭和の人みたい」と笑われてきた。間違いなく、伝説の刑事と呼ばれた祖父に、「男らしさ」を一方的に植え付けられたのが原因だ。

男は何があっても責任を取らなくてはいけない。絶対に女を悲しませてはならない。体を張って、女を幸せにしなければならない。

その教えのせいで、どうしても意気込みだけが空回りし、〝重い男〟になってしまうらしい。

二十歳のクリスマスのとき、痛い失敗をした。

同い年の彼女のために、精一杯背伸びをしてフレンチのディナーを予約した。マナーも何もわかっていなかったのでガチガチに緊張してワイングラスを倒し、彼女の白いスカートに赤い染みを作ってしまった。それだけでも彼女をかなり怒らせていたのに、バネは引っ越しのアルバイトの給料半年分を注ぎ込んで買ったティファニーの婚約指輪を出してプレゼントしたのだ。

「結婚とかまだ早くない？」

あのときの彼女の引き攣った顔は、今でもたまに夢に出るくらいトラウマになっている。

しかも、プロポーズの言葉は「お前を一生かけて守る」だった。本気でそう思っていた。

彼女はバネと付き合うまでは処女だったのだ。〝初めての男〟になれた喜びよりも、責任を果たさねばというプレッシャーのほうが大きかった。

どうせ結婚するならば早めがいいだろうと自分を追い込み、まだ二人とも学生の身分なのに、プロポーズをしてしまったのである。

彼女の冷たいリアクションをまったく予想していなかったバネはテンパり、またワインを零して自分の水色のシャツに赤い染みを作った。

そんなバネの姿を見て、彼女は笑った。

「気持ちは嬉しいけどね。健吾は私を守る前にやることがあるんじゃない？」

お前は半人前だと烙印《らくいん》を押されたにも等しい。

今となれば笑って振り返ることもできるが、当時はショックを引きずり、彼女との関係もギクシャクして数ヶ月後に別れた。

「健吾なら、きっといい男になれるよ」

「おう……」

　それが、彼女と交わした最後の会話だった。


　おい！　思い出に浸っている場合かよ！

　バネは我に返り、この状況を打開するために行動に移すことにした。栞を起こさずにベッドから下りて、服を着て、ゴミをまとめ、何事もなかったかのように立ち去る。

　くどいようだが、絶対に栞を起こしてはならない。

　なぜなら、バネの股間は朝勃《あさだ》ちで大変な事態になっているからだ。いや、これは朝勃ちだけが原因ではない。異様なまでに艶《なま》めかしいナース姿と体温とふくよかな胸のせいでもある。

　たとえ、セックスをしていなくても、この股間を見られたらセクハラでは済まない。恐ろしく気の強い栞のことだから、訴えられる可能性もなきにしもあらずだ。

　首に絡まっている腕と、太腿を蟹《かに》ばさみしている脚を、ゆっくりと解こうとしたが、ガッチリとロックされて動かない。

　こ、これはマズいぞ……。

バネの顔の真横に、栞の顔がある。ぽってりとした唇はすぐそこだ。長い睫毛がピクピクと動いている。

こんなに美しい寝顔は見たことがない。

大人の色香の陰に、わずかに少女の面影が残っていた。楽しい夢でも見ているのだろうか、笑みを浮かべて吐息を漏らしている。

だから、見とれてる場合じゃねえだろ！

とにかく、栞から脱出しなければどうしようもない。バネは気合いを入れ直し、栞の腕を解こうとした。

ジリリジリリジリリジリリ――。

最悪のタイミングで、枕元の目覚まし時計が鳴った。

栞がガバッと起き上がって目覚まし時計を止めたあと、寝ぼけ眼で、自分のコスプレと隣で硬直している半裸のバネの股間を確認した。

「……先輩？」

「おはよう」

「私の家で何してるんですか？」

「わ、わからない。俺も今さっき目覚めたところだし」

「私たち……抱き合ってましたよね？」

「いや……抱き合ってるというか……俺は何もしてないし……普通に寝ていただけだと思うけど」

「何で私、看護師になってるんですか？」

「し、知らないって。俺が訊きたいよ」

気まずいにもほどがある。よく見るとクローゼットは開けっぱなしになっており、警官や女子高生、キャビンアテンダント、ＯＬなどの制服が脱ぎ散らかされているではないか。

「先輩、とりあえず、服を着てもらってもいいですか？」

栞が、突き放すような冷たい声で言った。怒っているというよりは、自己嫌悪に陥っている表情だ。

「お、おう……」

バネはそそくさとベッドを下り、自分の服を探した。

「ＣＡの服の下にありますよ」

「お、おう……」

「思い出してきた……」栞がげんなりとした顔で額を押さえる。「先輩に意味不明な説教されて、ムカツいてテキーラをがぶ飲みしたんだ」

「そうだっけ？　てか、意味不明ってなんだよ」

「説教に見せかけて、ただ単にフラストレーションを解消していただけじゃないですか。挙げ句の果てにはカウンターで『俺は絶対に伝説の刑事になってやる！』って叫んでたし」

「マジか……」

覚えていない。ただ、栞にいつも以上にムカツいたのはたしかだ。


昨夜会ったレオナという可憐な少女が心を開いた相手は、バネではなく栞だった。バネは喫茶店を追い出されるという屈辱を味わったのである。

レオナは栞に、《ドールハウス》のマスターから譲り受けた九体のマネキンを家に持ち帰ったと言ったという。しかし、去年の年末に泥棒が入り、マネキンだけが盗まれたらしい。限りなく怪しい言い分だったが、栞は「あの子は嘘をついていないと思う」と譲らなかった。それも〝元女優の勘〟というやつなのだろう。

どうしても納得できなかったバネは、栞を連れて《ドールハウス》に戻った。聞き込みではなく、客として。マスターの石ノ森の言葉がどうも気になっていたのもあった。

普通の人生じゃ、満足できない人たちさ。よければ、一回、客として飲みに来てくれよ。きっと、違う世界を垣間見ることができる。

普通の人生じゃ、満足できない人たち……。

それはどんな人間なのだろうか？　常連であるレオナもその部類の人間なのか？

三体のマネキンが現場に残されるという殺人事件が発生した。そして、レオナの家からは九体のマネキンが何者かによって盗まれた。これを偶然として片付けるわけにはいかない。

本来であれば八重樫育子に報告し、《ドールハウス》の天井に飾られているマネキンと、堀越倫子の遺体と共に車に乗せられていたマネキンが同じ製品なのか、調べる必要がある。

だが、たとえ同じ製品だったとして、証拠としての効力が薄いのはわかっていた。それこそ、大田区の大森にある工場から出荷されたマネキンは何千何万とあるのだから。

八重樫育子に認めてもらうために、もっと事件に直結するような何かを見つけ出してやる。

バネの悪い癖は、空回りである。

「いらっしゃい」

石ノ森は、聞き込みのときとは打って変わって愛想のいい態度でバネと栞を迎え入れた。

〝お仕事モード〟というやつか。

石ノ森は二人に耳打ちした。

「他のお客さんにあんたらが刑事だってのをバラさないでくれよな。だったら、いくらでも飲んでくれてかまわないぜ」

とはいうものの、いつまで経っても他の客は現れなかった。

せっかちで堪え性のないバネは痺れを切らし、生意気な栞との会話が弾まないこともあって、酒のピッチが上がった。

で、この様である。


「先輩、彼女いるんですか？」

「はあ？　いねえよ」

ナース姿の栞の質問に、ついドギマギしてしまう。普段は、栞と恋愛の話など絶対にしない。

「よかった」栞がわざとらしく胸を撫で下ろす。

「何だよ、そのリアクションは？」

「だって、面倒臭いことに巻き込まれるのは嫌だもん」

バネはカチンときて声を荒らげた。

「つまり、もし俺がお前に惚れたら、ややこしいことになるってことか？　随分と自信過剰だな、おい」

「先輩、私に惚れたんですか？」

「惚れてねえよ！　たとえばの話をしてんだろうが」

「惚れたときは正直に教えてくださいね。職場恋愛とかありえないんで、すぐにお断りさせてもらいますから」

「だから、惚れてねえって言ってんだろ！　お前、まだ酔ってんのか？」

昨夜もそうだった。このどこか天然ボケの後輩と会話が嚙み合わず、イライラしてハイボールをおかわりしまくったのだ。

栞がまた額を押さえ、目を閉じながら顔をしかめる。

「思い出した。先輩が私の主演映画を馬鹿にしたんだ」

「えっ？」

「私が日本アカデミー賞の新人賞を獲った作品を『テンポが悪いから途中で寝てしまった』って言ったでしょ」

……言ったような気が、しないでもない。

その作品は、若い看護師と余命いくばくもない小説家との悲しい恋を描いたもので、『切ないラストに誰しもが号泣する！』との触れ込みだったが、途中まではほとんど物語が展開せず、バネは結局肝心のラストまで辿《たど》り着けなかった。売り文句を『退屈なので誰しもが爆睡できる！』に変えればいいのに、と映画館を出ながら思ったものだ。

「別にお前の演技を馬鹿にしたわけじゃないだろう。作品が面白くないのは監督のせいじゃないか」

「監督は関係ない。私のせいよ。だから、私の真の実力を見せるために、この部屋に連れてきたんだわ」栞が大げさに頭を抱える。「何やってんだろ、私。刑事になったんだから、演技に未練なんてないはずなのに……」

バネも徐々に記憶が蘇《よみがえ》ってきた。なぜか、バネは重病の患者の演技をさせられ、「急いでオペの準備をして！」と服を脱がされたような気がする。

「何やってんだ、俺たち……」

バネも頭を抱え込み、深い溜め息をついた。

何が「絶対に伝説の刑事になってやる！」だ。この調子だと一生かかっても〝伝説の刑事〟祖父の光晴には追いつけない。

服を着て帰ろうとしたとき、バネと栞のスマートフォンが、同時にメールを受信した。

八重樫育子からだった。

《またマネキンキラーよ。十五分以内にここに来て。遅れたらぶっ殺すからね》というメッセージに、現場の地図が添付されていた。新宿区のボウリング場だった。

「俺たちが酔っぱらってるときに……」

自責の念と怒りが込み上げる。こんなにも早く次の犠牲者が出るなんて、やはり、マネキンキラーは、八重樫育子と栞の分析どおり、連続殺人鬼だった。

「先輩、私着替えるんで、表でタクシーを止めて待っていてください」栞が、刑事の顔に戻って言った。

「お、おう……」

バネは、床に転がっていた半分しか残っていないミネラルウォーターのペットボトルを拾い、玄関へと走った。

11

二十五分後、バネと栞は高田馬場にある《ラッキーボウル》に到着した。

「遅い。ぶっ殺すわよ」

ボウリング場の前で、仁王立ちで待っていた八重樫育子が、モジャモジャの髪を逆立てて二人を睨みつける。

「すいません」

栞が素直に謝る。まったく言い訳をしないところが、八重樫育子に可愛がられる所以《ゆえん》だろう。

そもそも、たった十五分で下北沢からここに来られるわけがない。たまたま、タクシーと電車の乗り継ぎがうまくいったから良かったものの、本来ならばゆうに三十分以上はかかるはずだ。

八重樫育子が、チラリとバネを見る。「あんたは謝らないの？」と言われてるみたいで腹が立つ。

「どうもすいませんでした！」

わざと大きな声で返してやった。ボウリング場の入口からぞろぞろと出てきた鑑識のチームの連中が何事かとこちらを見る。

「バネ、栞！　行くよ！」

八重樫育子は、鑑識のチームに挨拶もせず、ボウリング場の入口の階段を二段飛ばしで下りていった。

鑑識たちが一斉にムッとしたのが伝わってくる。

八重樫育子からすれば決して悪い態度を取っているつもりはない。事件に集中すると他人のことなどお構いなしになってしまうだけだ。

バネと栞は、鑑識チームにペコリと頭を下げて、あとを追ってボウリング場に入った。

「まさか、次の現場がボウリング場になるとは、予想もつかなかったですね」

栞の横顔が、玩具を買って貰《もら》える子供みたいにはしゃいでいる。この女も八重樫育子と同じタイプだ。

《ラッキーボウル》は、昭和の香りが残っている古い建物だった。地下にあるせいか黴臭く、営業時間ではないが、流行《はや》っている雰囲気はない。

店内の照明は非常灯以外、全部消えていて、かなり薄暗かった。

「なんか……お化け屋敷みたいですね」

バネの隣で栞が呟く。頼むから、ゴキブリの次は幽霊が怖いとか言わないで欲しい。

ど真ん中のレーンのボウラーズベンチが、スポットライトに照らされて暗闇の中に浮かんでいた。

まるで、今から舞台が始まるような厳かな空気が流れている。

三つの影がベンチに座っていた。どうやら、ひとつは人間。二つはマネキンのようだ。

「今回は二体だけッスか？」

「そうよ」

八重樫育子が、頭を掻きながらマネキンを眺めている。

「グッモーニン」

栞の背後から、カップのコーヒーを持ったヤナさんが現れる。早朝だからか、相変わらず不精髭がむさ苦しい。

「映像は残ってないんですか？」

「警備会社に問い合わせて返事待ちだ。ちなみに、通報してきたのも警備会社だ。二時間前、防犯システムが作動して警備員が駆けつけたら、ガイシャがこの形で殺されていたらしい。ちなみに、入口のシャッターはこじ開けられていた。おそらく、犯人は台車か何かで被害者とマネキンを運んだのだろう」

二時間前といえば、午前六時前だ。商店街の外れにあるこのボウリング場に、誰にも見られずに入るのは不可能ではない。だが、よほど運がよくない限り、目撃者の一人や二人は現れるだろう。

「さあ、直感を働かせてよ」

八重樫育子が両手を叩いて、バネと栞を煽《あお》る。スーツで背筋を伸ばしてレーンに立つ姿は相当な違和感があった。

この人、ボウリング場が似合わないよな……。

胸の谷間を強調するような服を好む八重樫育子は、セクシーキャラとして、実は警視庁の中に隠れファンが多い。バツイチで恋人もいないから、誰か果敢にアプローチしてもよさそうなものだが、彼女の〝特殊能力〟のせいで、なかなか、立候補者が出てこない。

被害者はくたびれたスーツの中年男性だった。肥満体型のせいで、ボウラーズベンチに座らされている姿は、かなり窮屈そうである。

「針金で固定されてますね」

早くも栞が気づいた。ずり落ちないように、スーツのベルトに針金を通し、ベンチの脚に括り付けてある。

ベンチは三人掛けだった。被害者の両サイドに、これまた針金で固定されたマネキンが座っている。

「犯人の強いこだわりを感じますね」栞が分析を続ける。「このベンチにどうしても座らせる必要があるのかな……」

「そうね。マネキンキラーにとって、大切な儀式だからこそ、わざわざこの場所まで死体とマネキンを運んだんだと思うわ」

「て、いうことは、一昨日、堀越倫子の遺体が発見された場所にもこだわりがあるんでしょうか？」

「その可能性が高いけれど、今はこの現場に集中しなさい」

「はい。集中します」栞が、きびきびと答える。

バネは、置いてきぼりを食らっている気分になった。会話に参加したいが、テンポが速くてついていけない。

寝起きの二日酔いで頭が痛く、ぼうっとしてしまう。だが、それは栞も同じ条件である。

「被害者の仕事はサラリーマンッスね」

バネは、無理やり割り込んだ。

「そんなの誰でもわかるだろ」ヤナさんが斜めうしろからバネをからかった。「ちなみに身元の詳細はまだだ」

栞が冷たい目で、バネを一瞥《いちべつ》する。

クソッ……。

バネは歯軋りをして、栞を怒鳴りつけたい衝動を堪えた。こめかみの血管が切れそうである。

「被害者の衣服のポケットには何も入ってなかったの？」

「犯人が抜いたんだろうな」

八重樫育子の質問に、ヤナさんが頷き、シャリシャリと顎鬚を掻く。

「育子さん！　マネキンの指を見てください！」

栞が声を弾ませてマネキンを指した。

育子さんだと？　いつから、そんなフランクな間柄になっているんだよ……。

二体のマネキンの親指に、赤いマニキュアが塗られている。

「ガイシャが父親ってことはないでしょうか?」

ヤナさんが栞を見て目を細める。彼女の分析に感心しているのだ。

「父親だと決めつけるのはまだ早いッスよ」

思わず、反論してしまう。

「バネ、あくまでも分析のひとつよ。栞、気にせず続けて」

「はい!」

フォローかよ……。

たしかに空回りしているのは自分でもわかっているが、そんなに邪険に扱わなくてもいいではないか。

栞が調子に乗って分析を続ける。

「被害者は結婚していますね」

「なんでわかるんだよ!」

こうなったら、徹底的に嚙みついてやる。

「薬指を見てくださいよ」

栞が、溜め息交じりに言った。ますます、呆れた目になっている。

「本当だ。栞の言うとおり、結婚指輪をしているな」

ヤナさんがバネの肩に手を置き、ニヤニヤと顔を覗き込んでくる。

このおっさん……わざと挑発してるな。

ヤナさんはバネを可愛がっている。それはわかるが、あまりにも鬱陶しい。

「どうした、バネ。頬っぺたがヒクヒクしてるぞ」

「してないッス」

「いつも言ってんだろうが。刑事に必要なものは何だ？　ん？」

「視野の広さッス……」

「そうだな。視野を広くするためにはどうすればいい？　ん？」

ヤナさんがタバコ臭い顔を近づけ、またシャリシャリと顎鬚を掻く。

「……心に余裕を持つことッス」

ヤナさんに居酒屋やスナックに連れていかれるたびに、耳が腐るかと思うほど言い聞かされていることだ。

「ドンウォリー。わかってるなら問題ねえ。俺は警備会社の主任と話してくるから、あとを頼んだぜ」

ヤナさんがバネの背中をポンと叩いた。

「ありがとうございます」

バネは、ヤナさんのうしろ姿に深々と頭を下げた。ヤナさんは、バネが、優秀な後輩に苛ついているのを察し、わざわざ顔を出してくれたのかもしれない。

ヤナさんはいつも飄々《ひょうひょう》として不真面目に見えるが、情に厚く、刑事の誇りも持っている。

「育子さん、ここ！　この膨らみは何ですかね？」

栞の興奮する声に、バネは唖然《あぜん》となって振り返った。

おいおい、今の俺とヤナさんとの熱いやりとりを見ていなかったのかよ。

女二人は分析に夢中で、バネの存在すら忘れているかのようだ。ショーウインドウのスイーツを眺める乙女のごとく、キラキラと目を輝かせて、被害者の遺体に顔を近づけていた。

キレるな。ヤナさんのためにも、ここは女たちに合わせるんだ。

バネは女たちのうしろから、被害者を分析しようとした。

「これは……」

突然、八重樫育子の顔が曇る。胸ポケットからボールペンを取り、被害者のスーツの襟を突き、何かを確認している。

「バネ、ヤナさんは？」

「へっ？　出ていきましたけど、どうしたんッスか？」

「急いで！」

栞も八重樫育子の意図がわからず、ポカンとしている。

八重樫育子が舌打ちをし、パンツスーツのポケットからクシャクシャになったレシートを取り出し手のひらに置いた。その裏にボールペンで何やら書きつける。

「どうしたんッスか？」

八重樫育子が、無言でレシートを渡してきた。

それを見て、バネの心臓が跳ね上がる。

《犯人はまだここにいる》

レシートの裏には、そう走り書きがあった。

「えっ？　それは……」

レシートを覗き込んだ栞が絶句した。

八重樫育子がバネと栞を交互に睨みつけ、人差し指を口に当てて「話さないで」と目で合図を出す。

……犯人にこっちの会話を聞かれている？

バネは慌ててボウリング場のレーンの周りを見回した。薄暗くて視界が悪いが、他に人の気配はしなかった。

自分が殺人を犯した現場に好き好んで隠れる犯人はいない。逃げ遅れたのか？　本当に隠れてるんッスか？

バネは、思わず八重樫育子に目で訊いた。

八重樫育子が厳しい顔で頷いた。バネが行動分析課に来てから、何度も目撃した八重樫育子の〝確信〟の表情である。

信じるしかねえよな。

八重樫育子が、ふたたびレシートの裏に走り書きをする。

《二人で追って。応援は私が呼ぶ》

書いたあとに、並んでいるレーンの左端を指した。壁沿いに大人一人が通れる通路があり、その奥にスタッフ専用のドアがある。おそらく、レーンの裏に繋がっているのだろう。

バネと栞は顔を見合わせ、頷いた。なるべく、足音を立てないように通路へ向かって走った。

八重樫育子は、動かない。応援がやってくるまで、誰かが現場を守らないといけないからだ。鑑識の仕事は終わったとはいえ、彼らが見逃したかもしれない証拠品が残されている可能性もある。

バネは通路を走りながら、八重樫育子を見た。死体とマネキンが〝飾られている〟ベンチの前で、照明に照らされて立っている。シュールな映画のワンシーンのようだった。

「先輩、急いでください」

背後を走る栞が、鋭い声で言った。早くも銃を抜いている。

「わかってるよ！」

バネは栞を振り切る勢いで、走るスピードを上げ、ヒップホルスターから銃を抜いた。

はっきり言って、銃は苦手だ。できることなら触りたくもない。射撃の腕にもまったく自信がなく、ヤナさんには「投げたほうが命中率が高いんじゃねえか」といつも馬鹿にされている。

その点、栞は射撃を大の得意としていた。女優業で鍛えた集中力の賜物なのか、メキメキと腕を上げている。

スタッフ専用のドアを開け、さらに暗いレーンの裏側へと突入する。

「クソッ。何も見えねえぞ」

バネは舌打ちをし、照明のスイッチを探したが、どこにあるのか簡単には見つかりそうもない。

「どいてください」

栞が、バネを押しのけて、黒い小型の懐中電灯を懐から取り出した。

「おっ。ナイス」

「ナイスじゃないでしょ。刑事ならば、あらゆる事態に備えて行動してください」

今朝同じ部屋から出かけただけに、何の言い訳もできない。栞にとっては、今朝の出来事など記憶の彼方に飛んでいったのだろう。

栞が懐中電灯を左手で逆手に持ち、中腰になった。左手首の上に、銃を持った右手首を乗せて照準を定める。

……かっこつけんなよ。

バネは舌打ちをして、まるでハリウッド映画に出てくるＦＢＩのようにズンズンと進んでいく栞のうしろをついていった。

レーンの裏は複雑な機械がひしめいていた。ボウリングの球やピンがここに流れてくるのだろう。機械の他に、ゴミなのか備品なのかわからないものが詰め込まれた段ボールが、所狭しと放置されている。

通路らしい通路はなく、バネはさらに警戒して神経を昂《たかぶ》らせた。脇の下から汗が垂れてくるのがわかる。

ここでの銃撃戦は絶対に避けたい。流れ弾が前方にいる栞に当たりそうで、怖くて発砲できない。

栞の懐中電灯の光の輪が、四方八方を照らし、どこかに潜んでいるかもしれない犯人を探す。しかし、ここにも人の気配はなかった。

ふと、一人きりになっている八重樫育子のことが心配になってきた。

……これが、罠だったら？

レーンの裏に逃げ込んだというのは犯人のフェイントで、もっと、現場に近い場所に潜んでいたのではないか。今、八重樫育子を狙われたらヤバい。

「栞、戻るぞ」バネが低い声で言った。

栞が足を止め、呆れた顔で振り返る。

「は？　どうしたんですか？」

「八重樫さんが危ない」

「勝手に決めないでくださいよ」

「これが罠だったらどうする？」

「言ってる意味がよくわかりません。私は育子さんを信じますので」

指示に従わず、先に進もうとするのでうしろから栞の肩を摑んだ。

「やめろ。俺から離れるな」

栞が体を捻り、バネの手を振り払った。

「嫌です。二手に分かれたほうがいいと思います」

「犯人が一人だとは限らないだろ」

むしろ、マネキンを運んだり、セッティングする手間暇を考えれば複数犯と考えるほうが自然ではなかろうか。

「私と育子さんのプロファイリングでは単独犯です」

とりつく島もない。やはり、世界一可愛くない後輩である。

「いいから戻れ！」

バネは栞の意見を無視してUターンした。

五秒ほど走って立ち止まる。栞がついてきていない。

あの馬鹿野郎！

懐中電灯の光は消え、随分と先のほうで鉄の扉が閉まる音がした。栞が外に出たらしい。

栞は、八重樫育子にいいところを見せようと張り切り過ぎている。バネも他人のことを言える立場ではないが、栞は完全に暴走状態だ。お株を奪われたみたいで無性に腹が立ってきた。

ふたたび栞を追うために、段ボールを弾き飛ばしながら、ダッシュで引き返した。一番奥に、非常用らしき鉄のドアがある。おそらくここから栞は出た。

開けた瞬間、返り討ちに遭うかもしれない。全身から冷たい汗が噴き出し、心臓までもが凍りつきそうになる。

まったく言うことを聞かないムカツく後輩でも何かあれば助けなくてはならない。それが正しい先輩のあり方だろと、自分に言い聞かせる。

くそったれが！

バネは、ドアを開けて素早く銃を構えた。慣れない銃に余計な力が入り、肩の筋肉が攣りそうになる。

ドアの向こうは屋外ではなく、さらに地下へと続く階段があった。

……ここを一人で下りていったのか？

ほぼ真っ暗で、まるでホラー映画の世界である。バネは栞のクソ度胸に感心した。肝の太さも女優業で鍛えられたらしい。

短い悲鳴が聞こえた。栞の声だ。

銃声は鳴っていない。

栞の声のトーンからするとかなりの緊急事態だ。

直感が外れた。隠れていたのは現場近くじゃなかったのか。マネキンキラーが、すぐそこにいる。

アドレナリンが全身を駆け巡り、凍っていた心臓が熱を取り戻した。バネは三段飛ばしで階段を下り、さらにドアを開けた。

そこは、地下の駐車場だった。車は一台しか停まっていない。

栞が倒れている側に、男が立っていた。

バネは立ち止まり、息を呑んだ。妙に、生温い空気が流れているような気がする。

蛍光灯の光はあるが、薄暗い上に、男はグレーのパーカーのフードを被っているので顔が見えない。下はカーキ色のカーゴパンツにミリタリーブーツを履いている。

こ、こいつが……マネキンキラー？

パーカー男の手には、銃が握られ、栞の頭を狙っていた。あれは、栞の銃だ。栞はピクピクと痙攣しているが、意識はないようだ。

服がブカブカなので体格は把握できないが、銃を持った栞を倒したということは、相当の手練《てだれ》だと判断したほうがいい。

「銃を捨てろ！」

バネは、男の胸に照準を合わせて言った。

敵との距離は、約十メートル。一発で仕留める自信はない。

「オマエが、捨てろ」

パーカーの男がこちらを向き、くぐもった声で言った。

……マスクをしている？

フードの下は表情のない黒い仮面をつけていた。動く人形に見える。この上なく不気味だ。仮面のせいで感情が読めない。しかし、この男がマネキンキラーなら、躊躇なく栞の頭に穴を開けるだろう。

バネは言われたとおりに銃を投げ捨てたあと、ボクシングのファイティングポーズを取った。

頭だけ守り、突進してやる。射撃の訓練でもしていない限り、相手の命中率も悪いはずだ。二発目を撃つまでに至近距離まで詰め、仕留める。

パーカーの男が、クククッと含み笑いを漏らした。

「何がおかしいんだ、テメエ」

まだ動くな。男が撃とうとするタイミングを見極めて、突進する最初の一歩目は、斜めに飛び出せ。

パーカーの男は銃口をこちらに向けると思いきや、バネと同じく銃を投げ捨てた。

な、何だ、こいつ？

パーカーの男が、軽く首を回しながら大股で近づいてきた。他に武器は持っていない。素手だ。

舐めるな！

バネは鋭いステップで踏み出し、左のジャブを仮面に打ち込んだ。

左の拳が空を切る。パーカーの男がバネのパンチを見切って頭を下げて避け、さらに接近してくる。

やべえ！

バネは咄嗟《とっさ》に上半身を反らせた。

下から、パーカーの男の拳が唸りを上げて突き上げてくる。

ダッキングアッパー？　コイツ、ボクサーか。

しかも、かなり強い。キレでわかる。プロでないにしろ、ジムで本格的にトレーニングを積んでいる人間の動きだ。

うしろ足に体重をかけていなければ、バネの顎は砕かれていた。

ボクサーと喧嘩をするとなったら、殴り合いは分が悪い。バネは、突っ込んでくるパーカーの男に右のローキックを合わせた。

だが、これも見切られた。

パーカーの男が左足をヒョイと上げて、ローキックをガードする。

キックボクサー？　もしくは空手？

格闘技をいくつか掛け持ちしている〝喧嘩自慢〟はたまにいる。だが、バネはそいつらが相手でも負けることはなかった。大抵の奴らは、掛け持ちだけに中途半端な実力しかなかったからだ。どちらかといえば、ひとつの格闘技をとことんやっている奴のほうが手強い。

次は左の回し蹴りで脇腹を狙ったが、あっさりと手刀で払うようにして止められた。

これは空手だ。明らかに有段者の動きである。

間髪を容れず、パーカーの男も右の回し蹴りで脇腹を狙ってきた。バネは、咄嗟に左のガードを下げた。

いきなり、蹴りの軌道が変わり、側頭部を襲ってくる。タイのキックボクサーが好んで使う、変速的なキックだ。

フェイントかよ!

反射的に頭を下げたが、反応が遅れた。避けきれずに、後頭部に浅くヒットし、バネはバランスを崩した。

次の攻撃はかわし切れない。ボクシングのクリンチの要領で、パーカーの男の腰を捕まえようとした。

次の瞬間、奥襟を摑まれて太腿を撥ね上げられ、体が宙に浮いた。

……内股?

バネは、コンクリートに叩きつけられた。受け身を取ったが、背中を強打した。腰が痺れて動かない。

パーカーの男は、流れるような動きで、仰向けに倒れたバネに馬乗りになった。総合格闘技の試合でよく見る、マウントポジションだ。

「目をもらうぞ」

パーカーの男が、両手の親指をバネの両目にねじ込もうとした。

ヤバいと思いながらも、バネは背中を向けてしまった。誰だって、目を狙われたらそうしてしまう。

パーカーの男の腕が、蛇のように首に絡み、バネの頸動脈《けいどうみゃく》を絞め上げた。

柔術まで……やってんのかよ……。

数秒後、バネの目の前に黒いカーテンがかかった。

12

二時間後、バネは病院のベッドの上で呆然としていた。

喧嘩に負けたのはいつ以来だろう。記憶を遡《さかのぼ》ってもすぐに出てこないほど久しぶりだ。しかも、相手は一人で、素手だった。

全身が痛いが骨は折れていない。あのパーカーの男は、バネを失神させただけで、何もせずに立ち去ったのである。

「なぜ、俺と栞を殺さなかったんですかね？」

バネは、ベッドの脇に立っている八重樫育子とヤナさんに訊いた。

「そんなこともわからないの？　ぶっ殺すよ」

八重樫育子が呆れた顔で、バネを見下ろしてくる。飲み屋街の電柱に吐きかけられているゲロでも見るような目つきだ。

さすがに頭にきた。

「そんな言い方しなくてもいいでしょ！　もう少しで、マジでぶっ殺されそうになったんッスから」

「おい、バネ。怪我人なんだからクールダウンしろや」

ヤナさんがニヤけながら宥《なだ》める。喧嘩では無敵を誇るバネが、コテンパンにやられたのがおかしくてしょうがないらしい。

「何笑ってるんッスか！」

大声を出すと、コンクリートで打った背中が痛い。

「まさか、お前が負けるとはな。上には上がいるもんだなあ、おい。どうした？　泣いてもいいんだぞ」

わざとからかってくるのは、ヤナさんなりの優しさだ。バネが落ち込まないように、挑発しているのだろう。

「マネキンキラーがどうして二人を殺さなかったのか、わかった？」

八重樫育子は、そんなヤナさんの心遣いなど関係なしに訊いた。

「マネキンキラーは、自分の美学に反する殺人は犯したくないからです」隣のベッドに寝ていた栞が、痛みを堪えて声を張る。「もしくは、美学というよりは儀式ですか」

栞は、左足の骨を折られていた。駐車場で出会い頭に蹴られ、転倒して頭を打って気絶したのだ。ただ、この女もやられっぱなしじゃ終わらない。

「どちらとも言えるわね。犯人にとっては、マネキンを使わない殺人には何の意味もないでしょうから」

八重樫育子が目を細めて頷く。栞に対する扱いが、バネとあまりに違うのは気のせいだろうか。

とはいえ、栞の傷が思ったより軽くてホッとしていた。バネが駆けつけなければ、殺されなかったにしろ、もっと怪我の状態が重かったかもしれない。

「バネ先輩、悔しくないんですか！　私たち、犯人を目の前にして、みすみす取り逃がしたんですよ」

「馬鹿野郎！　悔しいに決まってんだろうが！　そもそも、お前が勝手に動くからこういうハメになったんだぞ」

「負けたことを人のせいにしないでくださいよ。私が先に駐車場に行ったからこそ、マネキンキラーを足止めできたんです。あとは、バネ先輩が勝てば一件落着だったのに」

「うるせえよ！」

バネは上半身を無理やり起こして、栞を睨みつけた。栞も頭をもたげ、鬼の形相で見返してくる。

「ところで、八重樫。どうして、犯人がボウリング場に残っていたと推理できたんだ？」

ヤナさんが、バネと栞の無駄な言い合いを止めるため、強引に話題を変えた。

「推理ではありません。行動分析です。何度も言わせないでください」八重樫育子が、ムッとした顔で言った。

「わかってるよ」ヤナさんが、面倒臭げに答えた。「どう、行動を分析したのか教えてくれや」

「被害者のスーツに、これがありました」

八重樫育子が、スマートフォンで撮影した画像をヤナさんに見せる。

「何ッスか、これ？」

バネは、スマートフォンを覗き込んで訊いた。スーツのボタンが写っている。

「盗聴器よ。つまり、受信するためにはそれほど離れることはできない。電波の状態が悪くなるからね。あのボウリング場の造りからして、レーンの裏で、私たちの会話を盗み聞きしていたんでしょう」

「マ、マジかよ……」

どう見ても普通の洋服のボタンだ。なぜ、そこまでわかるのだろう。

「わざわざ被害者に盗聴器を仕掛けるなんて、完全に私たちへの挑戦状よね」

八重樫育子が、目を爛々と輝かせる。

……この女はプロだ。行動分析で犯人を追い込んでいく様は、いつ見ても鬼気迫るものがある。

それに比べてバネは甘い。喧嘩に負けたぐらいで、ふてくされている場合ではないだろう。失神させられたのは屈辱的ではあるが、せっかく生き残ったのだから、犯人にリベンジすればいい。

ふと、祖父の言葉を思い出す。

自分より強い奴に勝て。弱い奴に勝っても何の意味もあらへん。

犯人はバネより強かった。だからこそ、勝たなければいけなかった。

中学生のころは、祖父にけしかけられて、高校生のヤンキーや空手部の大学生と戦わされた。

負けることも多かったが、やるたびに強くなっていくのが実感できた。

最近は、自分より弱い奴としか戦っていないので完全に体が鈍ってい……いや、言い訳はやめろ。

ただ単純に、自分が弱いだけだ。

「いつまで悔しがってるの。ぶっ殺すよ」

八重樫育子が、バネに言った。これも、彼女なりの優しさなのかもしれない。

「すいません。もう大丈夫ッス。切り替えました」

「でも、バネのおかげで手がかりを摑んだわ」

「どういう意味だ？」ヤナさんが訊いた。

「バネの話では、犯人は格闘技をいくつもやっているのよね？」

「はい。あれは現役の動きッス」

「てことは、複数の格闘技のジムや道場に通っている可能性が高いとは思わない？」

「なるほど。調べてみる価値はありだな」ヤナさんがさっそく、捜査に戻ろうとした。「バネ、ドンウォリー。ゆっくりと寝てろ」

「ヤナさん、私も行きます！」栞が、ベッドから下りようとする。

「ダメよ」

八重樫育子が、ジロリと栞を睨みつける。

「わかりました……」

栞がしょんぼりと肩を落とす。バネも同じ気持ちだった。動けない自分がもどかしい。

ただ、バネが戦ったことで犯人の手がかりが摑めたのは、間違いない。ボクシング、空手、柔道、キックボクシング、柔術を掛け持ちしている人間は、なかなかいないはずだ。

「もし、格闘技のジムを掛け持ちしている人間が見つかれば」八重樫育子が、得意げに眉を上げた。「そいつが、マネキンキラーかもね」

13

堂上礼央奈は、高層マンションで、また一人目覚めた。

起きた瞬間から上機嫌だ。

正午。天気はいい。窓から見える空は、雲ひとつない。吸い込まれそうだ。

……今日は寂しくない。あの男とランチの約束をしているのだ。

昨夜、電話がかかってきた。

『渡したいものがある』

男が指定してきた場所は、東京スカイツリーだった。遠くから眺めたことはあるけれど、行ったことはない。

礼央奈は、洗面台に行って顔を洗い、鏡の中の自分に微笑みかけた。そんなことをしたのは、子供のとき以来だ。

一時間後。

礼央奈は東京スカイツリーの下に来ていた。見上げると首が痛い。塔の異様な佇《たたず》まいに圧倒される。

平日だというのに人が多かった。次から次へと観光客がやってきては列に加わる。ビル風がキツいにも拘らず、東京スカイツリーに昇りたい人が五十メートル以上もの大行列を作っていた。

海外からの観光客も多い。幸せな家族を見る。

白人の五人家族が目についた。モデルのような美しい両親に、可愛らしいティーンの三人姉妹。小学校の高学年か中学生くらいだろうか。

三人姉妹は仲良く手を繋ぎ、両親はその様子を眺めながら肩を組んで笑っている。愛に溢れ過ぎて、吐きそうだ。

白人の家族がお土産の販売店に入っていくのを礼央奈は醒めた目で見ていた。

あの人たちは、今、何してるのだろう？　礼央奈の家族のことだ。

ひときわ強いビル風が、家族に思いを馳せる礼央奈の細い体を揺らす。


礼央奈の父親は弁護士だ。埼玉県の某市で弁護士事務所を立ち上げ、地元では名士として通っている。

父親は厳格で、礼央奈が幼いころからとても躾《しつけ》が厳しかった。

仕事人間で、ほとんど家にはいないくせに、たまに帰ってくれば、礼央奈のすべてにダメ出しをし、罰を与えた。長い物差しで太腿を叩かれたり、夕食を食べさせてもらえないこともあった。

両親の間に愛はなかった。母親は父親にかまってもらえない寂しさを紛らわすために、男に走った。

「礼央奈ちゃんのお母さんが、知らない男の人と車に乗ってたよ」

「礼央奈ちゃんのママは、いけないことをしてるんだって。うちのママが言ってたもん」

同級生から、そんな言葉を聞くたびに、耳を塞いで叫びたくなった。

中学生になり、礼央奈は引きこもりとなり、家族との触れ合いを遮断した。

一年前、礼央奈が家出を決めるきっかけとなった事件が起きた。父親に本気で殴られたのだ。

原因は、礼央奈の言葉だった。たったひと言で、父親は豹変した。

本気の暴力に無縁だった父親は、力の加減がわからずに、礼央奈の鼓膜を破り、鎖骨を折った。

何よりもショックだったのが、父親が娘に馬乗りになっているのを、母親が黙って見ていたことだ。

殴られながら礼央奈は思った。もう、家族なんていらない。

東京スカイツリーの下でいくら待っても男は現れなかった。

礼央奈は不安で泣きたくなってきた。この広い街で、わたしは一人だ。人形のように、生きているか死んでいるかわからずに立っているだけだ。

帰ろうかと思ったとき、男から連絡が入った。

『プラネタリウムに行って欲しい』

男は悪びれるわけでもなく、一方的に言った。

「会えるの？　早く会いたい」

わがままを言って嫌われたくはないけれど、もう我慢できない。

『星を見ながら待っていてくれ』

男は、それだけ伝えると一方的に電話を切った。

東京スカイツリーの下には水族館やショッピングセンターなどが固まっている。

水族館は嫌いだ。広い海で泳ぐ能力があるのに、どうして、わざわざ狭い水槽で暮らさなければならないのか。

でも、今は礼央奈が、高層マンションの空中の檻に閉じ込められている。ただし、水族館と違い、誰も観てくれる人はいない。

プラネタリウムは、《東京スカイツリータウン》の七階にあった。二本の違うプログラムを一時間に一回、交互に上映している。

礼央奈はチケットを買ってプラネタリウムに入った。東京スカイツリーほどは混んでいない。まばらに空席もあった。ほとんどがカップルで家族連れがおらず、礼央奈はホッとした。

しばらくして、女性のナレーションとともに場内の明かりが落ち、プラネタリウムが始まった。

一面に広がる偽物の星空。いくらキラキラと輝こうとも、礼央奈の心は動かない。

……ここで待っていればいいの？

それとも、礼央奈に時間を潰させるのが目的なのか。

男は、追われている。直感で、そう思った。

アナウンサーみたいに綺麗な声で、冬の星座の説明が続いているが、礼央奈の耳には入ってこなかった。

礼央奈は不安に駆られながらも、洞穴のように暗い場所にいることに心地好さを覚えた。

ふと、懐かしい匂いがした。キャラメルを焦がしたような甘い香りである。男が使っている香水だ。

いつのまにか、前に人が座っていた。

薄暗くて、後頭部しか見えないが、気配とシルエットであの男だとわかる。

心臓が爆発しそうに高鳴った。上空の星空が滲み、熱い涙が頬を伝う。

やっと会えた……。

礼央奈は嬉しくて泣いた。泣いているのを男に気づかれたくなかったので、声を押し殺した。

声が聞きたい。名前を呼んで、抱きしめて欲しい。頭を優しく撫でて欲しい。

でも、話しかけない。男が、それを望んでいないのはわかっている。もし、話ができるのならば、東京スカイツリーの下で普通に会っているはずだ。

何か事情がある。だけど、礼央奈にとってはそんなことはどうでもよかった。

大事なのは、礼央奈と男が心で繋がっていることだ。男が何者であれ、たとえ、人には言えないあくどい仕事をしていたとしても、礼央奈を愛してくれるなら、彼のためにどんなことだってする。

真上にあるオリオン座が、礼央奈を祝福しているようだった。

上映が終わったときには、男は消えていた。

ずっと、男を見ていたはずなのに、どのタイミングで席を立ったかわからなかった。まるで、幻を見ていたかのようだ。

礼央奈が慌てて身を乗り出して見ると、男が座っていた席に、小さなリュックサックが置いてあった。

一瞬、他の人の忘れものかと思ったけれど、男が座っていた席で間違いない。

礼央奈が背負っても違和感のない、若い女の子向けのデザインだ。薄いピンク色で、スパンコールが鏤められている。

可愛い……。

男が礼央奈のためにこのリュックサックを買う姿を想像して、ニヤついてしまう。

リュックサックを手に、急ぎ足でプラネタリウムを出た。雲の上を歩いているみたいに、足元がふわふわとしてしまう。

トイレの個室に入り、リュックサックの中身を確認した。中には、ミニチュアのマネキンのキーホルダーがついた鍵と、地図が入っていた。

この地図の場所に行って、鍵で何かを開ければいいのね……。

部屋だろうか？　プレゼントの箱だろうか？　それとも金庫だろうか？

何が出てくるのか考えると、正直言って怖い。

礼央奈は鍵と地図を、胸の前で祈るように握り締めた。

14

「でけえ……」

午後六時。バネとヤナさんは、東京スカイツリーを見上げていた。

「俺は東京タワーのほうが好きだな」ヤナさんは天を見上げながら不精髭をシャリシャリと搔く。「東京タワーのほうがセクシーだ」

「て、ことは東京タワーは女なんッスかね？」

「知らねえよ。さあ、行くぞ」

二人は聞き込みに来ていた。東京スカイツリーの隣に建設されたばかりの商業ビルに入る。階段を一段下りるたびに、腰が痛んだ。

バネは志願してやってきた。医者のオッケーは貰えたし、いつまでもベッドで寝ているのは性に合わない。恨めしそうな栞を病室に置いてきた。

ビルの地下は、新しいレストランがオープンしようとしていた。店内は驚くほど広く、銀と白を基調とした近未来的なデザインは、SF映画の世界に迷い込んだみたいだった。やけに天井が高く、注目すべきは、巨大なロボットが四体もあることだろう。

アニメに出てきそうなデザインのロボットが、バネとヤナさんを見下ろしている。

「なんだよ、これ……」

「素晴らしい。ガンダムの影響が見えるな」ヤナさんが興奮気味に鼻を鳴らした。

「ヤナさん、ガンダムに詳しいんッスか？」

「いや、大したことはない。ブルーレイのメモリアルボックスを持っているだけだ」

「かなり、マニアックじゃないッスか」

「俺なんかまだぺーぺーだよ」

何の謙遜《けんそん》かはわからない。ラジコンの趣味といい、このおっさんは、少年の心を忘れないでいる。それが周囲に迷惑をかけることも、たまにあるが。

「お待たせしました」

ロビーで待っていると、見るからに高級なコートに身を包んだ男が現れた。コートの下には、いかにも上質な生地で仕立てたグレーのスーツが覗く。

スキンヘッドに近い坊主頭で、額が薄く禿《は》げ上がっている。眉毛は太く、鼻は外国人かと思うほど高い。ハンサムな優しい顔立ちではあるが、眼光がやけに鋭かった。

ジダンみたいだな……。バネは有名な元サッカー選手の名前を思い出した。

男は、細身ながらガッシリとした体格をしている。きっと何かスポーツをやっていただろう。

「初めまして。田中《たなか》と申します」

渡された名刺には《株式会社エコー代表　田中悠《ゆう》》と書かれてある。

「実に素晴らしい店ですな」

ヤナさんが、店内を見渡して褒めた。お世辞ではなく、本当に感心した顔だ。

「ありがとうございます。外国人観光客が喜ぶような店を作ろうかと思いましてね」

「このロボットたちは実際に動くのですか？」

「はい。二足歩行です」

「な、何と！」

ヤナさんが、目を剝き仰天した。いつも眠たそうにしているヤナさんのこんな顔は初めて見た。

「そんなに凄いことなんッスか？」

「こんなに巨大なロボットが二足歩行なんて……ドリーム・カムズ・トゥルーだぞ！」

興奮して、何を言ってるかわからない。

「安全性をより確実なものにするために、ロボットの製作費は当初の予定の三倍まで膨れ上がりましたけどね。何せ、ショーで全長五メートルのロボットを動かしますから」

田中が、苦笑いを浮かべる。

「ちなみに、製作費はおいくらですか？」

「約百億円です」

「ひ、ひゃく？」バネは、つい訊き返した。

「僕の会社が全額払ったわけではないですよ。投資家の方々のおかげです」

だとしても採算が取れるのだろうか？

「ビッグスケールな話ですねえ。ところで……」ヤナさんの目が、ギロリと光る。「このロボットの操縦はどうやってするのですか？」

おい！　何訊いてんだよ！

「ラジコンと一緒です。リモコンですよ。よければ、動かしてみます？」

「はい！」

「ちょっと……」

バネは、少年のように手を挙げようとするヤナさんの腕を摑んだ。

「おい、邪魔するな！　撃つぞ！」

「仕事をしてくださいよ」

「ぐむ……」

ヤナさんは身をよじり、歯軋りをした。こんなにも露骨に悔しがる大人を見たことがない。

田中が、クスリと笑う。

「ところで今日は僕に訊きたいことがあるとか」

ヤナさんが、渋々質問をする。

「田中さんは現在、いくつかの格闘技のジムを掛け持ちしていらっしゃいますね」

「はい。ダイエット目的で始めたらハマってしまいまして」

「えーと」ヤナさんがメモ帳を開く。「今朝の四時から七時は、どちらにいらっしゃいましたか？」

「家で寝ていましたが……」

田中が首を捻る。ごく自然な表情だ。

「誰かそれを証明できるかたがいますか」

「いませんね。一人で寝ていましたから」

田中は堂々とした態度を崩さない。

データによれば、田中はレストランのプロデュース会社を経営しており、独身で、南青山の高級マンションに住んでいる。この店といい、この若さで大したものである。

「ご足労ですが、ある事件の参考人として、明日の都合のいいお時間に警視庁までおいで願えますか」

「かまいませんよ。ちょうど明日はオフでジムしかありませんから。午前中に伺います」

田中は笑みを崩さずバネに歩み寄り、軽く肩を摑んだ。

「いい体してるね。君も何か格闘技をやっているのか」

バネの全身に電流が走った。田中の手から、ビリビリと伝わってくる。

……こいつだ。

命懸けのギリギリの戦いで、肌を合わせたからわかる。

「いや、格闘技は別にこれといってやってないッスね……小学生のころ祖父に剣道を少し習った程度ッス」

バネは、田中の顔を睨みつけながら答えた。どうしても、視線を逸《そ》らすことができない。

「剣道？　この拳は相当な人数を殴っているだろ？」

田中が不思議そうな表情で、握っているバネの手を眺める。

「喧嘩が専門だからな」

ヤナさんが、田中に聞こえないように小声で呟いた。

たしかに、祖父から剣道を習ってはいたが、直伝の喧嘩殺法を叩き込まれる時間のほうが長かった。祖父の教え方は、現代社会なら幼児虐待で逮捕されているレベルだろう。

「空手やボクシングとも違うな」

田中はバネの手を放そうとしない。

芝居をしているのか？　もしくは、犯人じゃないのか？

いや、この男がマネキンキラーだとバネの直感が叫んでいる。あっさりと頸動脈を絞められ、殺されそうになった者だけがわかる感覚だ。

「僕の顔に何か付いているのかな？」

今度は、田中がバネを睨みつけた。口元は笑っているが、その目は、餌となる獲物を前にした肉食獣のようだ。

「いいえ」

「どこかで会ったことがあるとか？」

田中が、力を込めてバネの手を握ってきた。ミシミシと骨が軋む。

こいつには勝てない。

さっきから心拍数が跳ね上がり、呼吸が浅くなっている。ガキのころから、どれだけ力に差がある相手にも立ち向かっていた。体力では負けても、気持ちで負けたことはなかった。

それなのに……。

生まれて初めて、心の底から怯えている。しっかり立っていないと、膝が震えて小便を漏らしそうだ。

「い、いや」

バネは、掠れた声で返すのがやっとだった。

「おい、バネ。今日のところは、もう帰るぞ」

異変に気づいたヤナさんが、バネの肩を引っ張る。

「でも……」

こいつが、犯人です。マネキンキラーなんです。

バネは、口元まで出かかった言葉を呑み込んだ。

「どうかしたのかな？」

田中が、好青年のような爽やかな笑みを浮かべた。高級なスーツを着ていなければ年齢不詳である。

逃がしてたまるか。連続殺人鬼が、目の前にいて自分の手を握っているのだ。

「いいから来い！」ヤナさんが、バネを強引に引き離した。「それでは明日、警視庁のほうでお待ちしております」

「はい。伺わせていただきます」

田中が踵《きびす》を返し、優雅な足取りで去っていく。

バネは、ヤナさんに引きずられながら、そのうしろ姿をじっと目に焼き付けた。


「何を考えてるんだ、お前は！」

ビルから出たヤナさんが、バネの頭を叩いた。歩道にいた中国人観光客の一行が、何事かと目を丸くして通り過ぎる。

「間違いありません！　奴がマネキンキラーです！」バネは興奮して、ヤナさんに詰め寄った。

「馬鹿野郎！」

ヤナさんがもう一度頭を叩こうとするので、バックステップでかわすと、平手を空振りしたヤナさんがバランスを崩してよろける。

「避けるなよ！」

「すいません。でも……」

「何だ？」

「奴を逮捕しなくていいんッスか？」

「今すぐは無理なことぐらい、馬鹿なお前でもわかるだろ」

「はい……」

現行犯でない限り、裁判所からの逮捕状が必要になる。証拠もない。もちろん、バネの不確かな証言だけではどうにもならない。

バネは、奥歯をギリギリと嚙み締めた。

「間違いないのか？」

ヤナさんが顎の不精髭をシャリシャリと掻いて訊いた。

バネは深く頷き、溜め息にも似た息を大きく吐いた。

「筋肉のつき方や、握手をしたときの拳の感触。そして、何よりも奴のオーラがボウリング場の駐車場で会ったマネキンキラーそのものでした」

「なるほどな……。とりあえず、明日は八重樫と栞に任せろ。ドンウォリー。きっと田中を丸裸にしてくれるさ」

「栞もですか？」

思わず、頬がヒクヒクと痙攣する。

「栞にも仕返しのチャンスをやれよ。心がスモールなオトコだな」

「そうッスけど……」

「それに栞の分析力はなかなか鋭いものがある。いずれ、八重樫のあとを継ぐ人材となるだろう」

「はあ……」

正直、ヤナさんがここまで栞のことを買っているとは思わなかった。

「男がそんな顔するんじゃねえよ。ジェラシーは見苦しいぞ」

「わかってますよ」

器の小ささに自分でも情けなくなる。だが、栞に追い抜かれるのは、どうしてもプライドが許さない。

「お前は自分の仕事に集中しろ」

「田中を逃がさないことッスね」

「そうだ。気づかれないように尾行して張り込みができるか」

「もちろんッス」

マネキンキラーは絶対に逃さない。必ず、この手で捕まえてみせる。

「尾行がバレても手を出すなよ。プロミスできるか?」

「了解ッス」

ヤナさんが疑いの眼差しでバネの顔を覗き込む。

「信じてくださいよ!」

「簡単に信じられるか。お前は頭に血が上ったら、ストップがきかねえだろうが」

「ま、まあ……」

そのとおりだった。田中にリベンジしたい衝動を抑える自信がない。ただ、体に染み付いた恐怖を撥ねのけることができなければ、リベンジなんてとうてい無理だが。

「田中を逮捕したいだろ?」

「当たり前じゃないッスか」

「じゃあ、我慢しろ」

バネは、また歯を食いしばって頷いた。

「返事は？」

「うぃッス」

「その体育会系丸出しの言葉遣いもそろそろ卒業しろ。後輩ができたんだからよ」

「……はい」

バネは顔を引き攣らせた。

栞がやってきてから調子が狂いっぱなしだ。自分が一番下のときのほうが、遥かにやりやすかった。ミスを恐れず、誰の目も気にせずに突っ走れた。

ヤナさんが、肩を落とすバネを見て鼻で嗤い、スカイツリーを見上げた。

「それにしてもでけえな」

まるで、途方もなくデカい巨人の脚のようだ。もし、歩き出せば、人間など蟻《あり》のように踏み潰されるだろう。

15

午後十一時。学芸大学駅。

板野《いたの》明憲《あきのり》は、ジーンズの尻ポケットからＰＡＳＭＯを取り出し、改札を通り抜けようとした。

耳障りなエラー音が鳴り、改札に拒否される。ＰＡＳＭＯの残額不足だ。

明憲は舌打ちをして戻り、のりこし精算機でＰＡＳＭＯを千円分だけチャージした。

金がない。居酒屋のバイトの給料日は一週間以上も先なのに、財布の中には泣きたくなるぐらいしか現金が残っていなかった。

駅を出て商店街を少し歩き、コンビニの前に停めていた自転車で帰ろうとして目を疑った。

自転車がない。夕方、バイトに向かうときたしかにここに停めた。去年の秋に買ったばかりのＧＩＡＮＴのロードバイクだ。ボディーのオレンジ色が気に入り、予算オーバーだったが無理して購入したのに……。

明憲は、苛立ちと悔しさに体をブルブルと小刻みに震わせながら、ダウンジャケットのポケットに両手を突っ込み、トボトボと家路についた。一人暮らしをしている駅遠の物件は、徒歩なら二十分以上はかかる。

マジでツイてない。本来なら、中目黒のバイト先まで自転車通勤していて、自転車は居酒屋の真横に繋いでいる。ただ、今日はたまたま六本木にある系列店のヘルプに行っていたのだ。

六本木まで、チャリで行けばよかった。行けない距離ではない。寒さに負けた自分に腹が立つ。

後悔しても遅い。自転車がないと、余計な金がかかる。また、母親から借りるしかない。胸が痛くなってきた。明憲の実家は決して裕福なわけではなかった。家計のことを考えて大学は諦め、高校を卒業してすぐに上京した。

何か特別な夢や憧れがあったわけではない。単純に東京に来たほうが仕事にあぶれることはないだろうと思っただけだ。

それなのに、いつまで経っても母親に甘えている。さらに自分にムカツき、声を張り上げて怒鳴りちらしたくなった。

明憲は、中学生のころに父親を交通事故で失った。朝、「行ってきます」と家を出たきり、父はこの世からいなくなったのだ。そのトラウマがまだ残っている。

明日、死ぬかもしれない。その恐怖が、明憲から努力するエネルギーを奪った。

学校の成績は決して悪いほうではなかったが、一切勉強することをやめた。当然、みるみる成績が下がった。

まったく気にしなかったし、むしろ、爽快感すら覚えた。真面目に生きようとしている周りの大人たちが馬鹿みたいに見えた。心配して、「勉強しなさい」と説教する母親ですら鬱陶しかった。

地元は滋賀県だ。家から一番近い公立高校に入り、部活動に励むわけでもなく、グレるわけでもなく、無気力に日々を過ごした。

母親は銀行員だけれど、自分の小遣いはコンビニのバイトで稼いだ。そこで出会う大人たちが、明憲の気力をさらに奪った。

客はみんな、疲れた顔でやってきては無言で商品を選び、帰っていく。たまにエネルギッシュな客がいると思っても大抵は酔っぱらいだった。

夢は見つかっていない。見つけようともしていない。広くて人が溢れかえっている東京の街で、ただ正体のわからない不安を埋めるために漫然と働いている。

上京してから、コンビニやカラオケ、工場などで働いたが、どれも保《も》って三ヶ月だ。今の居酒屋はやっと二ヶ月が経ったが、すでに辞めようかと考えている。揉めて辞めるわけではなく、単調な毎日に耐えられなくなるのだ。

気がつけば二十一歳の誕生日が過ぎていた。去年の地元での成人式には出席していない。

地元の友達に会いたいとも思わなかった。

自分の居場所はここじゃない……。

何の努力もせず、世の中を斜に構えて見ているくせに、本当は同世代の学生が羨ましくて仕方なかった。そのくせ、羨ましさは絶対に他人には見せたくない。

「大学に行って何になる？　将来、役に立つことなんて勉強してるのか？　あいつら、遊びたいだけじゃん」

強がって皮肉を言ってきたが、それももう疲れた。負け惜しみだと認めることができれば、どれだけ楽になれるだろう。

TSUTAYAからカップルが手を繋いで出てきた。街を楽しそうに歩く同世代がキラキラと眩しくて、まともに目を開けていられない。

その横を明憲は背中を丸めて歩いた。

胸がムカツく。今日は本当にツイてない一日だった。

六本木の居酒屋では、店長に「使えねえな」といびられ、酔っぱらいのサラリーマンには、「もっとハキハキしろよ、仕事なんだからよお」と絡まれた。

でも、喧嘩をする度胸はない。愛想笑いでその場をスルーしたが、本当はそんな自分が腹立たしかった。

まだ、二十一歳。体力はあり余り、未来は明るいはずなのに、先がまったく見えずに息苦しい。まるで、真夜中の森に懐中電灯なしで迷い込んだみたいだ。

明憲はスマホを取り出し、メールで彼女に《サイアク、チャリ盗まれた》と打った。彼女はバイト先で知り合った二つ下の短大生だ。ブスではないが、そこまで可愛くもない。最近、二人の会話は明憲の一方的な愚痴《ぐち》ばかりだ。それが嫌なのだろう。彼女からの返信も遅い。すっかりマンネリ気味になっていて、たぶん、そろそろ別れどきだ。向こうも妥協して明憲と付き合っていることがみえみえだ。デートをしても互いに金がなく、安い居酒屋かファミレスでダラダラと喋るだけ。明憲の家にいても、顔を合わせて話すより、自分たちのスマホを見ている時間のほうが長い。セックスをしても盛り上がりに欠けるので、欲情もしなくなってきた。

こんな人生が、これから先も続くのかよ。

明憲は、容赦なく顔を襲う冷たい風に顔をしかめ、星の見えない夜空に向かって、重い溜め息をついた。

戦う勇気もない。時間も金もない。でも、何者かにはなりたい。金よりも名誉よりも、誰かの役に立ちたい。だけど、それが何なのか、何をすればいいのか見当もつかない。

どこまでも弱い自分に泣きたくなる。夢を持てないことよりも、夢を持たなくてはいけないという強迫観念に負けているのが辛かった。

気分を変えようと、彼女に誕生日のプレゼントでもらったｉＰｏｄのイヤホンを耳にねじ込んだ。

バイト先の先輩に薦められた《くるり》が流れてきた。音楽にさほど興味はないけれど、比較的、彼らの曲は好きだ。とくに歌詞が共感できる。

でも、今夜はダメだった。余計にイライラして、ｉＰｏｄを投げつけたくなった。

店先でたこ焼きを焼いている頭にタオルを巻いたおじさんが、こっちを見て嘲笑《あざわら》っているように感じる。

よそ見をしていたら、居酒屋から出てきた若い男女の集団が無軌道に突っ込んできた。コンパのあとの独特の高揚したテンションだ。

「おい、どけよ。ぼーっとしてんじゃねえよ。地蔵かよ」

野球帽を斜めに被った若者が調子に乗って、からかってくる。全身が酒臭い。殴って返してやりたいが、もちろん、そんな度胸はない。

「すいませーん」

紺色のダッフルコートを着た女の子が、明憲に謝る。軽く茶色に染めた髪にふわりとカールがかかっている。少なくとも明憲の彼女よりはレベルが高い。

「地蔵に謝らなくてもいいって！」

野球帽は女の子と肩を組んで去っていった。

「ちょっと！　どこ触ってんのよお！　変態！」

女の子はそう言いながらもまんざらでもない様子だ。

「だって、おれ、東日本で一番の変態って言ったじゃん」

野球帽が、後に明憲のことを思い出すことなどないだろう。追いかけて、背中に飛び蹴りを食らわせたい。

明憲は置き去りにされた屈辱感を消すために、ｉＰｏｄの音量をマックスまで上げた。


十五分後。

明憲は自分のマンションに帰宅した。ドアを開けて、げんなりする。

古くて、狭い部屋。掃除をする気が起こらないので、ありとあらゆるものがコタツの周りに散らかっている。

この部屋は、今の明憲の心境そのものだ。

掃除は彼女に任せていたのだけれど、最近は部屋に遊びに来てくれなくなった。

明憲は手も洗わず、ダウンジャケットを脱ぎ捨て、着替えもせずにコタツへと潜り込んだ。

天井に向かって、軽く息を吐く。ネオンの上に広がる東京の空を眺めるより、ヤニで薄汚れた天井を見ているほうが落ち着く。

ふと、タバコが切れていることに気づいた。コンビニで買おうと思っていたのに、ムカつくことが重なり過ぎて忘れていた。だが、また出かけるのも億劫だ。それに金がない。

もうやだよ……。涙が滲んできた。ここのところ、毎晩コタツに潜りながら、一人で泣きそうになっている。

コタツの上に置いたスマホの着信音が鳴る。彼女からかと思い、手を伸ばしたが、滋賀の実家の母親からだった。

金を借りたかったのでナイスなタイミングなのに、今は話したくなかった。無視しようかと思ったが、着信音は鳴り続けている。

明憲は、渋々と電話に出た。

「どうしたの？」

『もしもし？　起きとった？』

母親と電話するのは久しぶりだ。少し声が疲れているように思ったけれど、母親の心配をする余裕は、今の明憲にはない。

「今、バイトから帰ってきたとこや」

『バイトね……今は何のバイトしてんの？』

「何でもええやん」

『そんな言い方しなくてもいいでしょ』

悲しそうな母親の声に胸がチクリとした。でも、どこかで甘えているんだろう、溜まっている鬱憤をぶつけてしまう。

「何の用なん？」

明憲は、わざと冷たい声で訊いた。

『今日のお昼にね、喫茶店で長瀬《ながせ》さんと久しぶりに会ったんよ』

「……で？」

『長瀬さんのことは覚えてるやろ？』

「うん」

長瀬さんは、明憲が住んでいた町内で、食べ放題のしゃぶしゃぶ屋をやっていたエネルギッシュなオヤジだ。明憲より一歳下の娘がいて、美人で有名だった。

『長瀬さん、今度、駅ビルに新しいお店を出すのよ』

「だから？」

『いずれ、店長になってくれる若い男の子を探してるんやって』

「ふうん」

全然、興味のない話だ。母親が次に何を言うかがわかって、おさまりかけていた怒りがまた込み上げてきた。

『長瀬さんがね、明憲君が東京でくすぶってるんやったら、戻ってきて、ウチで働かんかっておっしゃってくれたんよ』

おっしゃるって何だよ。へんにへりくだっている母親が醜いものに思えてくる。

「ええわ。断っといて」

『なんでよ、いい話やんか。頑張ったら店長になれるかもしれへんのよ』

「ほんまに興味ないし」

『そんなこと言わんと、いっぺん、帰ってきてお話だけでも聞いてみたら？』

「あのおっさんにペコペコしたくないねん」

昔から、気に入らない大人だった。祭りなどの町内の催しには積極的に参加していて、自分が仕切らないと気が済まないタイプだ。

わざわざ地元に帰って、あんなおっさんの下で働くぐらいなら、六本木の居酒屋の店長に嫌味を言われるほうが百倍マシである。

『何言ってんのよ。顔馴染《なじ》みやねんから遠慮しなくてもいいでしょ』

「顔馴染みやからやりにくいんやろ」

『とりあえず、帰ってきなさい。長瀬さん、困ってはるのよ。娘だけでは新しい店は回されへんって』

「そう言われても知らんわ」

娘がどれほどの美人に進化を遂げたかには少し興味があったが、どうせ、地元の男と付き合っているだろう。

『とりあえず、帰ってきなさい。お母さんからも大事な話があるのよ』

母親のトーンが変わった。何かを隠しているムードが満載だ。

「な、何の話？」

まさか、癌《がん》にでもなったのか？　決して若くない母親の体調は、常に気がかりだった。なのに、こうして突っぱって、どこかで甘えてしまう自分はクズ以外の何者でもない。

『顔を見て話すわ』

「いいから、教えてや。悪いこと？」

『ううん。悪いことではないよ』

「じゃあ、話してくれてもええやん」

短い沈黙のあと、母親が重い口を開いた。

『あのね……』

「何やねん？」

焦《じ》れったくなって、コタツから出た。

『二年前にお爺ちゃんが亡くなったでしょ』

「うん」

畑仕事中に脳溢血《のういっけつ》で倒れて病院に運ばれ、そのまま息を引き取った。

『実は結構な遺産が入ってきたの。お爺ちゃんが持ってた山や畑が売れたのもあってね』

「マジで？」

初耳だ。胸がバクバクと高鳴る。

『あんたの分もお母さんが預かってんのよ』

「いくら？」

『額は会ったときに教えるわ』

「今、教えてや」

しばらくの沈黙のあとに、驚きの答えが返ってきた。

『一千万円よ』

明憲は無意識に立ち上がった。一千万円なんて、夢のような額だ。

「何で、俺に黙ってたんよ」

『だって、お爺ちゃんの遺言やもん。明憲がフリーターを辞めて就職するまでは渡したらアカンって言われたの』

上京するとき、祖父には何も言われなかったが、そこまで心配されていたのか……。胸の奥が締め付けられ、明憲は泣きそうになった。

しかし、さっきまでとは明らかに種類の違う涙だ。全身を覆っていたくだらないプライドという名の鎧がボロボロと崩れていくのがわかる。

金さえあれば、人はここまで素直になれるのか。

明憲は、自分のあまりの変わりように驚きを隠せなかった。いきなり目の前が明るくなってきた。切れかかってチカチカしているコタツの上の蛍光灯ですら、眩しい。

思いもよらない大金が転がり込んでくる。条件は地元で就職すること。就職先には、町内で評判だった美人の子が看板娘として働いている。

明憲の心の手のひらがくるりと返った。こんなチャンスを見逃す馬鹿はいない。

『どう？　帰ってくる気になった？』

「まあ……一応、話は聞いてみてもいいかな」

『お金で釣るような真似してごめんね』母親が申し訳なさそうに言った。『お正月にも帰ってこんし、あんたのことが心配やったから……』

「ええよ。俺かてなかなか連絡せんでごめん」

金は偉大だ。どこまでも素直な気持ちになれる。胸の奥にこびりついていた負け犬の気分がみるみるうちに溶けていくのがわかる。

踊れないけど、踊りたい。

どうしようもなく薄汚れていた部屋が、キラキラと輝きはじめた。

よしっ。地元に戻ろう。なんだったら、明日にでも戻ろう。しゃぶしゃぶ屋の店長候補が別に現れたら困る。もう東京なんてどうでもいい。今の彼女とも別れる。

明憲は、早くもしゃぶしゃぶ屋の看板娘との都合のいい未来を思い描いてニンマリした。

これが、ポジティブ思考というやつか。

『じゃあ、帰ってこられるんやね』

母親がホッとした声で言った。

「うん。スケジュールが決まったら連絡するよ」

明憲は母親との電話を終え、ウキウキしながらユニットのバスルームへと向かった。久しぶりに熱い風呂に浸かろう。冷蔵庫に、彼女が買ってきてくれた発泡酒も冷えている。

明憲は、バスルームのドアを開けた。瞬間、息を呑んだ。

はっ？

見知らぬ男が、洋式の便器に腰掛けているではないか。心臓が止まるかと思った。

「だ、誰？」

お、男だよな？

パーカーの下の体はガッチリしていて、スポーツマンのようだ。何より不気味なのは、男が黒い仮面で顔を隠していることである。

明憲の知り合いに、こんなサプライズを仕掛けるようなお茶目な人間はいない。間違いなく、今、目の前にいるのは危険人物だ。

膝が、ガクガクと震え出した。

「おかえり、明憲君。居酒屋でのバイトは疲れただろう」

俺のことを知っている？

だが、マスクの下から聞こえるくぐもった声は、聞き覚えのないものだった。

「誰だよ！　てめえ！」

凄んだつもりが、声が裏返ってしまう。

「君を家に連れ帰るために来ました」

家？　滋賀の実家のことか？　わけがわからない。

パーカーの男がゆらりと便器から立ち上がった。

ヤバい。

明憲は慌ててキッチンに走り、包丁を手に取った。

「出ていけ！　警察を呼ぶぞ！」

膝の震えが手にも伝わってきて、包丁を落としそうだ。そもそも、百均で買った包丁でまともに戦えるとは思えない。

パーカーの男がゆっくりとした足取りで、バスルームから出てくる。包丁にビビっている様子はない。

「さ、刺すぞ！」

刺せるわけがない。子供のころから、まともに喧嘩したこともないのだ。自分でもへっぴり腰になっているのがわかる。

「どうぞ。好きなところを思う存分、刺してください」

パーカーの男が両手を広げて近づいてきた。そんなに大柄ではないが、巨人のような威圧感がある。

生まれて初めての恐怖だ。本物の恐怖だ。逃げたいが、この男に背を向けるのも怖い。

「来るな！　殺すぞ！」

足が思うように動かない。明憲は、パニックになり、その場で包丁を振り回した。

パーカーの男が、スローモーションのような滑らかな動きで距離を詰め、明憲の手首を摑んだ。ふわりと優しく投げられ、あっさりと包丁を奪われた。

あ、合気道？

気づけば、コタツの横に転がされていた。

「おやすみなさい」

パーカーの男の手が、二匹の蛇のように背後から明憲の首に絡みつく。

コタツの上で、明憲のスマホが鳴った。

明憲は、遠ざかる意識の中で母親を思い出した。台所に立ち、明憲の大好物だった鶏のからあげを作る母親の姿を……。

16

いつでも来い。田中と……マネキンキラーと戦う準備はできている。

覆面パトカーで張り込み中のバネは、助手席で首と手首を回し、体をほぐした。

「何？　バネ、緊張してるの？」

運転席の沼尻絵里《ぬまじりえり》がガムを噛みながら、横目でニヤけた。

通称ヌマエリ。三十四歳。独身。愛媛《えひめ》県出身。百五十センチの身長に対して、去年までは体重が百キロ近くはあったが、ダイエットに成功して七十キロ近くまで落ちた。まだそれでも体は大きいのだが、化粧や服装が日に日に女らしくなっているので、署内では「とうとうヌマエリにも男ができたか？」と噂になっている。

ぽっちゃりした体とおっとりとした顔つきに似合わず、反射神経が抜群で、車の運転はプロ級だ。超絶なドライビングテクで現場に直行するたびに、ヤナさんに、「アイルトン・セナの生まれ変わりだ」と褒められている。

「武者震いッス」

「貧乏ゆすりじゃん」

ヌマエリは、これまで頑なに方言を直そうとしなかったのに、最近はやたらと標準語で喋ろうと努力している。これも男ができたと噂される要因だ。

「なんか……ヌマエリさんは愛媛弁のほうが好きだったなあ」

気を紛らわすために話を変えた。マネキンキラーのことを考えると、アドレナリンが出過ぎてよくない。

「愛媛弁じゃないわ。伊予弁よ」

「標準語、かなりうまくなりましたね」

「練習してるもん」

前の荒々しい言葉遣いを知っているバネからすれば、背中がこそばゆくなる。

「やっぱり、恋してるからッスか」

「は？　張り込み中にそれ訊く？」

「署内でもっぱらの噂ッスよ」

「まあね……」

ヌマエリの横顔が赤くなる。完全に女の顔になった。

「彼氏ができたんッスか？」

「できてないわよ」

「て、ことは片想い？」

ヌマエリがコクリと頷いた。意外にも早々に白状した。女は恋をするといつにも増してお喋りになるというのは真実なのだろう。

「誰ッスか？　まさか、ヤナさんとか言わないでくださいよ」

「ちょっと、何で知ってるの？　誰から聞いたのよ？」

ヌマエリが、激しく動揺してハンドルを握ったり放したりする。

「いや、ほんの冗談のつもりだったんッスけど」

まさか、あんなおっさんに恋してるとは思わなかった。

「黙っててくれる？」

「は、はい。あの……ヤナさんのどこがいいんッスか？」

「うるさい。あんたが栞のことを好きなのをみんなにバラすよ」

「はあ？　何ッスか、それ？」

「とぼけないでよ。見てればわかるわよ」

「いやいやいやいやいや！　ないし！」

バネは全力で否定した。しかし、否定しながら、今朝のことを思い出してしまった。

栞の体は、びっくりするほど柔らかかった。あの体が、この腕の中にあった。

ヤバい。勃起しそうになってきた。

「鼻の下が伸びてるよ」

ヌマエリがニタリと笑う。

「伸びてないッスよ！」

次の瞬間、バネのスマホが鳴った。八重樫育子からだ。

『今すぐ、学芸大に向かって！』

早口で聞き覚えのない住所を告げられる。

「何それ、どこですか？」

『急いで！』

「意味がわかんないんッスけど」

『いいから行け！　ぶっ殺すよ！』

「この住所に何があるんッスか？」

『マネキンキラーよ。急いで！　もうすぐ新しい被害者が出るわよ！』

八重樫育子の怒鳴り声に、バネとヌマエリがビクリと体を反応させて顔を見合わせる。

「どうして、わかるんッスか？」

バネは、スマートフォンに向かって訊いた。

「八重樫さんにそれ訊いても仕方ないやろ」方言に戻ったヌマエリが、車を急発進させる。

「シートベルト！」

エンジンが唸りを上げ、タイヤが軋む。驚愕のドライビングテクで、細い路地をバックで激走した。

「は、はい！」

助手席のバネは、体を硬直させたまま慌ててシートベルトを装着した。

『バネ、次は負けるんじゃないわよ』

八重樫育子が、一方的に電話を切った。

言われなくてもわかっている。もう一度、マネキンキラーに敗北すれば、刑事を辞める覚悟だ。

車が細い路地から大通りに飛び出た。ヌマエリが鋭くハンドルを切ると、車体がピッタリ九十度回転する。

タクシーが目の前で急ブレーキをかけ、けたたましくクラクションを鳴らす。ヌマエリはアクセルを踏み込み、その横をギリギリですり抜けていった。

「じ、事故らないでくださいよ」

バネは、掠れた声で言った。この世のどんな絶叫マシンよりも恐ろしい。

「舌を嚙むから黙りんさい！」

興奮状態のヌマエリが伊予弁で叫んだ。もう伊予弁なのかどうかもわからない。

二人の乗った覆面パトカーは、サイレンを鳴らし、次々と他の車を追い越していく。当然、赤信号もスルーだ。一歩間違えれば、大事故である。

しかし、ヌマエリは事故を起こさない。運転にかけては、プロフェッショナル級なのである。

ちくしょう……俺だって……。

バネは歯を食いしばり、奥歯をギリギリと軋ませた。

自分の役割をまっとうし、最高の結果を出す。それがプロだ。事故にビビってる場合ではない。

ヌマエリを信じ、目を閉じた。マネキンキラーの動きを思い出し、イメージトレーニングに入る。

勝てる。勝つ方法は必ずある。

あれだけうるさかったエンジンやタイヤの音、クラクションが消えた。

「バネ！」

ヌマエリがブレーキをかけて車を停めた。

バネは目を開け、辺りを確認した。先ほどの高層マンションとは大違いの、こぢんまりとしたマンションの前に停まっている。人影は見当たらない。

驚異的な短時間で、八重樫育子に教えられた学芸大学の住所に到着していた。さすが、プロのレーシングチームからスカウトされたこともあるヌマエリだ。

助手席のドアを開け、マンションの玄関へと走る。幸運なことに、オートロックではなかった。

ずっと田中の自宅に張り込んでいたのに……。バネは舌打ちをしながら、八重樫が指示したマンションへと入った。自分に対する怒りで、こめかみの血管が切れそうになる。

田中が自宅のマンションを出ることはなかった。ただ、あんな高級なマンションなら、他に出入口があってもおかしくない。

田中は、バネの尾行に気づいたのだ。しかも、張り込まれているのをわかっていながら、今夜、獲物を狩りに出かけたのだ。

レストランで握手をした感覚が蘇り、全身から嫌な汗が噴き出してきた。

奴はどっちから来る？　エレベーターか？　非常階段か？

獲物を運ぶならエレベーターのはずだ。だが、田中がこのマンションの住人を獲物として選んだのはなぜだ？

エレベーターのドアが開いた。誰も乗っていない。

クソッ……。

バネは両手の拳を握りしめた。さっきから悪い予感が止まらない。

エレベーターを降り、八重樫育子から伝えられた部屋の前まで行く。ドアの鍵は開いていた。部屋の中は、もぬけの殻だった。わずかに、争った形跡が残っている。

バネを嘲笑うかのように、部屋の真ん中に黒い仮面が落ちていた。

「ふざけんなよ！」

反射的に壁を殴りつけた。肩の筋肉がビクビクと痙攣する。

あと一歩だったのに、間に合わなかった。すぐにでも田中の居場所を突き止めなければ、被害者がもう一人増えてしまう。

もしかすると、すでに殺されて……。

拳の痛みが、頭の奥にジンジンと響き、バネは顔をしかめた。

17

一台のタクシーが世田谷区のある住宅街に停まった。

「最近、物騒な事件が多いから気をつけてな、お嬢ちゃん」

初老の運転手が、孫にでも語りかけるような口調で言った。

堂上礼央奈はコクリと頷き、料金を払ってタクシーを降りた。氷の矢のような冷たい風が頬に突き刺さるが、寒さは微塵《みじん》も感じなかった。

スマートフォンを取り出し、画像を確認する。あの男から貰った地図をカメラで撮っていた。

……この公園で合ってるよね。

礼央奈は顔を上げて、目の前にある児童公園を見た。ブランコと滑り台しかない、小さくて寂しい公園だった。もちろん、こんな深夜に誰も遊んでいない。

公園から東に向かって三軒目に、ひときわ大きな一軒家があった。地図上の星印は、あの家だ。

胸の奥が痛い。心臓が破裂しそうだ。直感でわかる。あの男がここで暮らしている、と。

地図と一緒にもらった鍵が、この家の鍵だ、と。

礼央奈は誰もこちらを見ていないことを確認してから、門をくぐった。階段を上り、玄関の大きなドアの前に立つ。

古い一軒家だった。おそらく、築年数でいえば三十年以上は経過しているだろう。だが、チラリと見える庭や礼央奈が立っている玄関先は、隅々まで手入れが行き届き、あの男が、この家に深い愛情を持っていることが伝わってくる。

震える手で、ドアに鍵を差し込んだ。何の抵抗もなく、すんなりと入る。

やっぱり、礼央奈の直感は間違っていなかった。

やっと会える。

ドアを開けた瞬間、手の震えと胸の痛みが止まった。不思議と落ち着いた気分になる。まるで、我が家に帰ってきたみたいに……。

懐かしい匂いがした。あの男の体臭だ。

玄関の明かりはついていない。廊下の先にドアがあり、隙間から光が漏れている。たぶん、リビングだ。ドアの向こうで、人の気配がする。

礼央奈は靴を脱ぎ、家へと上がった。一歩、また一歩と廊下を進むたびに、全身が温かくなる。

ただいま。

初めて来た場所なのに、思わず、そう呟いた。

ドアを開けて、強張った笑みを浮かべてリビングへと入る。

そこに、家族がいた。食卓を囲んで座っていた。その光景を見た礼央奈の目から、一筋の涙が零れた。

「おかえり」

三体のマネキンと食卓に座っているあの男が、礼央奈に優しく微笑みかけた。

幕間　電話

（一九七八年　十月二十四日）

レーンを滑るようにして転がったボールが、残っていた一本のピンを弾き飛ばした。

「よしっ。なんとかスペアですね」

平野が、さも当たり前だという顔で丸眼鏡を上げる。

「お前、ほんまにうまいな」

ボールリターンの横のベンチに座る光晴が、平野のスコアを見て感心した。二回連続のストライクのあとのスペアだ。フォームもやたらと美しく、素人とは思えない。

「ブームのときにやり込みましたからね。マイボールだったら、もっとスコアを上げられると思うのですけど」

「遊びに来たんとちゃうぞ」

午後五時。光晴と平野は、新宿区にある《ラッキーボウル》に来ていた。ブームは去ったとはいえ、ボウリングを楽しむカップルや家族で賑わっている。店内のスピーカーからは、今大ヒットしているピンク・レディーの『ＵＦＯ』が流れている。

「そろそろ教えてくださいよ、大先生。どうして、ここに来たのですか？」

平野が、軽く肩を回しながら光晴の隣に座る。

「これや」

光晴は手袋をはめたままの手で、ジャケットの内ポケットから三枚の写真を出した。

「それは……」

「菊池家にあったアルバムから抜いてきたんや」

「勝手に遺留品を持ってきたらダメじゃないですか」

「時間がないんや。お前があとで返しに行けばええやろ」

平野って奴はおかしなところがある。義憤で犯人を殺そうなんていう破天荒なところがあるわりに、ルールはきちんと守る。こんなときだというのに、思わず光晴の口元に笑みが零れた。

ともかく、後輩の暴走を止めるためには、手段を選んでいる場合ではない。三枚の写真は、一枚は河川敷でのピクニック、二枚目はこの《ラッキーボウル》、三枚目は、海水浴場での菊池家の一家団欒の画《え》だった。三枚のうち、はっきりと場所が判明したのは、《ラッキーボウル》だけだった。

「なぜ、その三枚の写真を選んだのですか？」

「犯人が手に取って見たからだ」

「えっ？　どうして、わかったのですか？」

「よく見ろ」光晴は、写真を平野の顔に近づけた。「指紋がひとつも付着していないだろう」

「はい……」

「アルバムの中で、この三枚の写真だけが指紋がなかった」

「つまり……犯人が手に取って見たあと、指紋を拭きとったってことですか。さすが、大先生だ」

平野が、尊敬の眼差しで光晴を見つめる。

「一家惨殺の理由、もしかしたら『家族』がキーかもや。奴は自分の家族に問題があるかもしれんな」

ディスコで見たマネキンの少年は、十六歳の若者とは思えぬほど覇気がなかった。まるで、魂が抜け落ちたかのような少年の表情を、光晴は思い出していた。

「ここにいる連中の顔見てみろや」

「皆、幸せそうですね」

ストライクが出たのか、少し離れたレーンの家族から、黄色い歓声が上がった。父親のもとに小さな子供が駆け寄り、ハイタッチをしている。

「ディスコで踊り狂う若者たちとは真逆や。あいつらが求めてんのは、目の前にある一瞬の快楽やろ。俺には、あいつらみんな、助けを求めてるように見えた」

「世間に居場所のない不良や家出少女たちが集まってますからね」

そんな孤独な若者たちの中にいても、マネキンの少年は、一人だった。マネキンの少年が抱えているものは間違いなく、圧倒的、絶対的な孤独だ。

「あの少年の家族に会いに行くで」

「今からですか？」

「いや、お前の調べだと、たいがい夜は少年は家におるんやねんな。家族に話を聞くのは、おらんときのほうがええやろ。明日の朝方にしよう」

そこがラストチャンスだ。明後日はどうしても外せない捜査があるので大阪に戻らなければならない。

「少年が学校に行ったあとを狙うのですね」

平野が嬉しそうに顔を輝かせる。図々しくて苦手な後輩ではあるが、純粋なこの男に、刑事として道を踏み外して欲しくない。

「ああ。朝イチから少年の家の前で張り込むで」

「はい！　そうと決まったら、大先生もボウリングをしてくださいよ」

「俺はええわ」

光晴は剣道一筋で、同じスポーツとはいっても球技は苦手なのである。逆に、息子は野球が得意で、少年野球のチームではエースで四番だった。光晴が阪急ブレーブスのファンになったのは、息子の影響だ。

刑事の仕事に忙殺されて、家族サービスなどほとんどしてこなかった。最後に一緒に出かけたのがいつかも思い出せない。そんな光晴と息子の数少ない思い出が、プロ野球観戦だった。

「せっかくですから。大先生、お願いしますよ」

「しゃあないな……」

何がせっかくなのかわからないが、光晴は渋々立ち上がり、紫色のボールを手に取った。

無事にマネキンの少年を逮捕して大阪に帰れたら、久しぶりに家族旅行でもしたい。有馬温泉なんかどうだろうか。

光晴はギクシャクしたフォームで、レーンに向かってボールを投げた。ピンに当たる寸前でガターにはまった。

「大先生！　お見事！」

平野が大笑いして拍手をした。


光晴は巨大な水溜まりの中で立っていた。真っ赤な血の湖……いつもの悪夢だ。

体が痺れて動かない。金縛りにかかっている。胸が重たく息苦しい。そして、いつのまにか、湖に浮いている木彫りの家鴨《あひる》に囲まれている。

くそっ……いつになったらこの夢から解放されるねん。

十個以上ある木彫りの家鴨が流れて一箇所に集まり、全裸の女の死体に変わった。この夢を見るようになって二十年以上経つが、その設定も、その女も、毎回同じだ。

光晴が遠い昔に愛した女、絹代《きぬよ》だ。

まだ新米刑事のころ光晴は、《家鴨魔人》という連続殺人鬼と対決して、心に一生消えない深い傷を負った。今の嫁のことは、もちろん愛してはいるが、その当時愛していた絹代のことは忘れることができない。

電話の音で目が覚めた。

光晴は虚ろな意識のまま、枕元にあるビジネスホテルの電話に手を伸ばした。時計を見ると、寝てから一時間も経っていない。

「もしもし？」

『大先生……すいません』

電話の相手は、平野だった。

「どないしてん？」

『奴が現れました』

マネキンの少年のことだ。声が酷く緊張している。いつもの平野の声ではない。

「どこに？」

『私の家です』

光晴は、ベッドの上で飛び起きた。

「どういうことだ？　まさか、横にいるのか」

『……はい。不覚を取りました』

背中に冷たいものが走った。手が震えて受話器を落としそうになる。

「な、何をされてんねん？」

『ロープで拘束されています』

つまり、電話をかけてきたのはマネキンの少年ということだ。光晴がビジネスホテルに泊まっていることを平野から聞き出して、かけてきたのだろう。

「おい、平野！　お前の家の住所を教えろ！」

平野との付き合いは長いが、住んでいる場所までは知らない。

『僕、自首します』

平野ではなく、若い男の声が、受話器の向こうから聞こえた。

「お前、どういうつもりや！」

一方的に電話が切れた。本当に自首するならば、平野を襲撃する必要はない。

慌てて警視庁に電話をかける。平野の住所を訊くためだ。

しかし、指が震えてダイヤルをうまく回せない。

ミラーボールの光の中で立ち尽くすマネキンの少年を思い出した。あのとき、奴は、平野にも光晴にも気づいていたのだ。

アホが！　何が伝説の刑事や！

光晴はベッドから飛び出した。何があろうとも、平野を救い出す。

第四章　消えない過去

（二〇一三年　一月二十六日）

18

午前十時。

雲ひとつない快晴の下、田中悠が現れた。警視庁の駐車場には、数日前に降り積もった雪がまだ残っている。

「お手柔らかにお願いします」

田中は、昨日と同じ、コートとグレーのスーツだった。警視庁の入口まで迎えに来たバネを余裕綽々《しゃくしゃく》の態度で見下ろす。

「……こちらへどうぞ」

バネはぶん殴りたい衝動を懸命に抑えつつ、田中を取調室へと案内した。さすがに、警視庁の中で暴れるわけにはいかない。

取調室には、八重樫育子が一人で待っていた。壁にもたれ、眠そうな顔で、モジャモジャの頭を掻いている。

ヤナさんと栞や他の刑事は、別室に待機し、監視カメラの映像で取調べの様子を見守っている。

「わざわざ来ていただき、ありがとうございます」

八重樫育子が、ペコリと頭を下げた。

「いえいえ。世間を騒がせている凶悪犯の逮捕に協力できるのであれば、喜んで何度だって足を運びますよ」

マスコミは『マネキン殺人』と名づけて、新聞やワイドショーで取り上げている。殺人現場に残されたミステリアスなマネキンの存在が、恰好のネタなのだ。ネットでも、シロウト探偵たちが推理合戦を繰り広げ、犯人探しに躍起《やっき》になっていた。

「どうぞ、座ってください」

八重樫育子が、机の横のパイプ椅子を勧めた。

田中が落ち着き払った仕草で腰を下ろす。逆に、冷静過ぎて違和感がある。普通の人間ならば、たとえ何の罪も犯していなくとも、警視庁の取調室に呼ばれたら少しは動揺するはずである。

「さっそく始めましょうか。お時間は取らせませんので」

八重樫育子が、机を挟んで田中の向かいに座る。

バネは、二人の表情が見える壁際に立ち、腕を組んだ。田中からは少し離れて腕組みした。強く腕を押さえていないと、田中の横顔にパンチを叩き込みそうになる。

「こんなに美しい刑事さんが実在するなんて、まるで月9のドラマのようですね」

田中がしなやかな脚を組みながら、口元を歪める。

「あなたはテレビドラマを観ていないわ」

八重樫育子がピシャリと言った。いきなりの先制パンチだ。

「どうして、わかるんですか?」

「月9では刑事ドラマは四作品しかやっていない。三年前に放映されたコンビものの作品は、月9枠では二十二年ぶりの刑事ドラマだった。月9に刑事ドラマのイメージはない。つまり、あなたは観ていない」

「なるほど」

田中が脚を組み直す。まだ平静を装ってはいるが、八重樫育子の記憶力と洞察力に面食らったはずだ。

「それにあなたの経歴も調べさせてもらいました。飲食業界が長いですね。夜の九時に呑気にドラマを観るような生活は送ってこなかったのでは?」

「録画という手も残っていますよ」

田中が、ニヤけながらも食い下がる。早くも八重樫育子との対決を楽しんでいるかのようだ。

「この十年間で、ニューヨークやロス、ヨーロッパ各地に研修や旅行に出かけているところを見ても、それほど日本のエンターテインメントに興味があるとは思えませんが」

昨夜、バネとヤナさんが訪れた東京スカイツリーの側のレストランも、外国人観光客をターゲットにした営業形態だった。

「たしかに、そのとおりです。実は日本のテレビドラマはまったく観ていません。海外ドラマは大好きですけどね」

田中が、あっさりと認めた。目が爛々と輝きを帯び、明らかに八重樫育子に興味を示している。

「私には嘘は通用しないのでよろしくお願いします」

「よくわかりました」

二人の間に、見えない火花が散っている。別室の栞は、この戦いを至近距離で見られないのが悔しくて歯軋りをしていることだろう。

……おい、集中しろ。

マネキンキラーを前にして、まだこんなくだらないことに優越感を覚えている自分が情けない。このままでは、祖父と約束をした「伝説の刑事になる」というのは、夢のまた夢だ。

「質問は三つだけです」

八重樫育子が愛想笑いをやめた。野生の獣のように鋭い眼光になる。

「ゆっくりどうぞ。時間はありますので」

バネは、田中の胸が大きく膨らんだのを見逃さなかった。無意識に深い呼吸をして、下腹の丹田で気を練り込んでいる。格闘技の上級者が強敵を前にしたときの反応だ。

「まずはひとつめの質問です。昨夜、午前零時から今までどちらにいましたか？」

「自宅ですが、何か？」田中が、芝居がかった仕草で肩をすくめる。「それは張り込みをしていたあなたがたが、一番ご存じでしょうに」

昨夜、バネとヌマエリは、行方不明になったフリーターの板野明憲が住んでいた学芸大学のマンションから、すぐに南青山にある田中の高層マンションへと戻った。しかし、逮捕状もなしに踏み込むことはできず、張り込みを続けるしかなかった。

そして、午前七時。何事もなかったかのように、田中がマンションから出てきて、近所をジョギングしたのだ。

いつ戻ってきたのかはわからない。拉致、もしくは殺害した板野明憲をどこに運んだのかも不明だ。

それも、八重樫育子の行動分析が正しかったらの話だが……。とにかく、今は彼女を信じるしかない。

「そのことを証明できる第三者はいますか？」

「ずっと一人で寝てましたので。ぐっすりとね」

「アリバイはないことになりますね」

「マンションの管理人に言って、防犯カメラを確認してください。僕が一歩も部屋から出ていないことがわかりますから」

田中の表情は、ハッタリには見えない。というより、まるで仮面をつけているみたいに無機的で、感情が読めないのだ。

「状況証拠で私は判断しない。映像はいくらでも改ざんできますしね」

八重樫育子が、眉を上げて挑発する。

「では、あなたは何を信じるのですか？」

「質問をしているのは私です」

「これぐらい答えてくれてもいいではないですか」

田中の反撃だ。簡単には引き下がらない迫力がある。

短い沈黙のあと、八重樫育子が低い声で言った。

「人間よ」

「ほう」田中が、勝ち誇った笑みを浮かべる。「刑事は人を疑うのが仕事ですから、続けるのはさぞかし辛いでしょうね」

「いいえ。私の天職よ」

「人間を信じてるのに？」

「私が信じているのは人間の心じゃないから」

「はい？」

「心なんかどうでもいいの」

八重樫育子の冷たい声に、バネの全身に鳥肌が立った。氷がたんまり入った水風呂に沈められた気分になる。

「心じゃなければ、何を？」

「性《さが》よ。どんな人間にも、決して抗《あらが》うことができない衝動があるの。本人は、しっかり考えて選択して動いているつもりでも、それには逆らえない」今度は、八重樫育子が勝ち誇った顔になる。「だから、マネキンキラーが、次に板野明憲を狙うのがわかったの」

モジャモジャの頭を掻きながら、続けた。彼女が集中しているときの癖だ。

また、田中の胸が大きく膨らんだ。グレーのスーツが、逞《たくま》しい大胸筋ではち切れそうになる。

「イタノ？　アキノリ？」

田中が、大げさに眉をひそめる。仕草が芝居がかってきたのが、バネにもわかった。

「とぼけないで。あなたの会社が運営する居酒屋チェーンで働いていたアルバイトの青年よ」

「そうなんですか。それは奇遇ですね」

八重樫育子が、机に置いてあったＡ４サイズの封筒から写真を二枚取り出して、田中の前に並べた。

「この人たちのことは知っているかしら？」

「二人とも見たこともない顔ですね」

田中が、首を捻る。胸の動きが止まった。息を殺している。

「この女性は堀越倫子さん」

八重樫育子が、一枚の写真を指した。車の中でマネキンと一緒に発見されたときのものだ。顔のアップを撮ったものだが、生きていないのは一目瞭然だ。

「初めて聞く名前ですね」

「堀越倫子さんはアートディレクターです。五年前に彼女とお仕事をしたのは、覚えていませんか」

「へえ。そうなんですか？　いちいち、過去に関わった人を全部は覚えていませんよ。あなただってそうでしょ？　彼女と会ったとしたら、数人が参加しているミーティングの席ではないですかね」

田中が、堀越倫子の写真から目を逸らした。胸が小刻みに揺れて、呼吸が乱れているのがわかる。

「では、この人のことも覚えていませんか？」

八重樫育子が、次に畠山慎也の遺体の写真を指した。ボウリング場で発見されたときのものだ。

「覚えていませんね」

「ちゃんと見てください」

「見なくてもわかる」

田中の声に苛つきが混じる。

「畠山慎也さんです。彼の所属する建築設計事務所が、あなたの会社が運営する飲食店の設計をいくつか手がけたのも偶然でしょうか」

「でしょうね」

「マネキンキラーの三人の被害者が、すべてあなたと繋がった」

八重樫育子が、鼻で嗤った。完全に彼女のペースだ。

「くだらない」田中が鼻で嗤い返す。「最後の質問は何ですか。さっさと終わりにしましょう」

「あれ？　時間はたっぷりあるんじゃないの？」

「容疑者扱いされて不愉快なんですよ。だいたい、フリーターの彼は、ただ行方がわからないだけでしょ。マネキンキラーの犯行に結びつけるのはあまりにも乱暴だ。はっきり言ってあなたの勝手な妄想だ」

「私は事実しか口にはしないわ」

「何の根拠もないだろうが。訴えるぞ」

「どうぞ、ご自由に。早く弁護士を連れてくれば？」

「そうします」

田中が、八重樫育子の攻撃に我慢できずに立ち上がった。額に太い血管が浮かび上がっている。

「最後の質問は聞かなくていいの？」

取調室を出ていこうとする田中の背中を八重樫育子が睨みつける。

「……一応、聞きましょう」

田中が、振り返らずに答える。

「どうして、私がわかったと思う？」

「何のことですか？」

「あなたが一番知りたいことよ。マネキンキラーが板野明憲をターゲットにしたことをどうやって私が予測したのか、気になって仕方ないんじゃないの？」

バネも教えて欲しかった。八重樫育子の行動分析はまるで魔法だ。

「また、妄想ですか」

田中が、忌々しげに舌打ちをして振り返る。

八重樫育子は堂々と胸を張り、続けた。彼女はどんな相手を前にしても怯まない。この部屋では無敵なのだ。

「マネキンキラーのルールに従ったの」

「ルール？　意味不明だ」

「こだわりよ。美学と言ってもいい」

「人を殺すのにそんなものは必要ないだろ」

田中が、顔を赤らめて語気を荒らげる。体が自分の半分ぐらいしかない八重樫育子に圧倒されている。

「逆よ。美学に反する殺しはできないわ。せっかく、マネキンとステージを用意したのにぶち壊されたくないもの」

「ステージだと？」

「堀越さんは河川敷の車の中で発見され、畠山さんはボウリング場で発見された。畠山さんの遺体が、マネキンと一緒にベンチに針金で固定されているのを見て確信したの」

田中が、押し黙る。八重樫育子の一人舞台だ。

「再現したかったのよ。あれは、家族がレジャーを楽しむ姿だわ。マネキンキラーにとって、あの河川敷とボウリング場は、大切な思い出の場所なのね。違う？」

「馬鹿馬鹿しい」

「堀越さんは離婚をして独り身になり、畠山さんは妻と別居中で、二人の子供と離れて暮らしていた。ターゲットには、家族を失った孤独な人間を選んでいたのね」

田中の頬が、ピクピクと痙攣する。胸が大きく膨らみ、半身になって少し足幅を広げた。倒れそうなのを踏ん張っているようにも見える。

「現場に残したマネキンの指にマニキュアを塗っていた。堀越さんの現場では人差し指に。

畠山さんの現場では親指に。《お母さん指》と《お父さん指》ね」

「フリーターの板野君は《お兄さん指》ってわけか」

田中がふたたび鼻で嗤い、両手を大きく広げる。

「あなたが若者を〝物色〟するとすれば、まず自分の会社が運営する飲食店で働くアルバイトに目をつけると思ったの。自分のもとで働く者なら、ある程度の行動を把握できるしね。昨夜出勤していたすべてのアルバイトを調べたら、板野君だけが片親だった。幼いころ父親を事故で失ったのよ。マネキンキラー好みのターゲットだわ」

田中が、呆れた顔でバネを見た。

「君の上司はいつもこうなのか？　完全に妄想の世界に住んでいるじゃないか」

「妄想じゃねえって言ってんだろ。この人は行動分析に関しては化け物なんだよ」

バネは、壁際から半歩前に出て、田中を睨みつけた。

八重樫育子が、右手を軽く上げてバネを制する。

「板野君のマンションの管理会社に連絡をして、ここ半年の防犯カメラの映像データを見せてもらったの。そこに何が映っていたと思う？」

「僕がピースサインでもしていましたか？」

田中が皮肉を込めて返すが、八重樫育子は表情を変えない。

「一ヶ月前に、あなたと体格がそっくりな男が、帽子とサングラスとマスクで顔を隠してマンションを訪れているわ。板野君の部屋の前に行き、ドアノブを調べるだけで立ち去った」

あんな短時間でそこまで調べていたのか……。

バネは、八重樫育子の分析に素直に感動した。だからこそ、板野明憲を助けられなかったことが悔しい。

板野明憲の部屋に置かれていた黒い仮面を思い出し、バネの体は、湯気が出るほど熱くなる。

「マネキンキラーは焦ったことでしょうね」八重樫育子が立ち上がり、ゆっくりと田中に近づいた。「このままでは、板野君を殺すことができない」

「えっ？　まだ生きてるんッスか？」

バネは、思わず訊き返した。きっと別室のヤナさんと栞も仰天しているはずだ。

「マネキンキラーは、ルールに反する殺しをしない。そうでしょ？」

八重樫育子が腰に手を置き、青ざめる田中を覗き込む。

「僕に訊かないでくださいよ。マネキンキラーのルールなんて知らないのですから」

「ターゲットを殺害する前に、無理やり料理を食べさせるの。違うかしら？　解剖の結果では、堀越さんと畠山さんの胃から同じメーカーの調味料が検出されたわ。それも、かなり珍しい輸入もののメーカーのね」

初耳だ。バネは何も知らされていなかったことにムカツいた。

いつもそうだ。八重樫育子は、肝心なことは何も教えてくれず、汚れ仕事だけをバネに押し付ける。

「ターゲットの二人とも、殺される約十二時間前から死亡する直前までの間に、複数回に分けて食事をしていることもわかったの。胃の残留物の消化の具合でね。つまり、その間に、二人を拉致した人間が食事をさせたことになる」

「だから……何ですか？」

田中が、逃げるように無意識に後ずさった。

八重樫育子は、追い詰めるようにして、田中の耳元に顔を近づけて囁く。

「時間的に、板野君にはまだ食事をさせていないはず。だから、殺したくても殺せない。美学に反するものね。ウズウズしてるんでしょ？　でも、絶対に殺させない。警視庁の人間を総動員してでも、あなたを二十四時間態勢で監視するからね」

「好きにしてください」

「言われなくてもそうするわ」

田中が、わずかに背中を丸めて取調室を出ていく。そのあとを追おうとするバネを、八重樫育子が止めた。

「奴に張り付かなくてもいいんッスか？」

「その仕事は、ヤナさんにお願いしてるわ。バネには他の仕事を頼みたいの」

「な、何ッスか？」

とてつもなく、嫌な予感がする。

「決まってるでしょ。板野明憲を探し出すのよ。ふざけたこと言ってるとぶっ殺すよ」

「一人でですか？」

行動分析には自信がない。田中が板野明憲をどこに監禁したのか、見当もつかないのだ。

「相棒と一緒に行きなさい」

「相棒ってのは……」

「栞でしょうが。本当にぶっ殺すよ」

八重樫育子が、汚いものを見るような目をバネに向けて、取調室のドアを開けた。

「バネ先輩。時間がありませんよ。急ぎましょう」

取調室の前に、すでに松葉杖をついた栞が立っていて、玩具を与えられた子供のように顔を輝かせていた。

「おう……」

バネは溜め息を呑み込み、重い足取りで取調室を出た。

19

午後一時。

バネは、栞と共に、六本木ヒルズにある和食ダイニングレストラン《神の蔵　たなか》に来ていた。

「自分の名前を店名にするなんて凄い自信ですよね」

栞はランチメニューの《ふぐと海老の天丼》を頰張りながら言った。

「自信がなきゃ、六本木ヒルズに店を出さないだろ」

バネは、アボカドの入った《特製マグロ丼》を食べていた。この店は、普通の居酒屋よりは値段が高く、使う食材にもこだわっている。内装は、おしゃれ過ぎるカフェのようで、和食を頂くには居心地がいいとは言えなかった。

「たしかに、美味しいですもんね。ふぐの天ぷら、食べます？」

「いらない」

「私、マグロ好きなんですけど……」

「わかったよ」

渋々丼を交換した。栞が遠慮なしに、丼をガツガツとかき込む。

優雅に飯を食ってる場合じゃねえだろ……。

栞は、半ば強引にこの店にバネを連れてきた。彼女の調査によるとこの店は、マネキンキラーに殺された堀越倫子が内装のアートディレクションを手がけ、畠山慎也の事務所が店舗を設計した。

そして、昨夜、この店で板野明憲がアルバイトをしていたのである。

「でも、腑に落ちないんですよね……」

栞が、特製マグロ丼のゴマを頬につけたまま言った。

「何がだよ？」

ふぐの天ぷらは外がサクサク、中身はジューシーで、美味い。甘辛いタレの味付けも絶妙だ。

「本当に田中がマネキンキラーだと思いますか？」

「間違いないだろ。八重樫さんも確信してるじゃねえか」

「だって、バレバレじゃありませんか？　いくら、美学があったとしてもターゲットを身近な人間からチョイスし過ぎですよ」

「まあな……」

身近な人間だったからこそ、ターゲットの背景や行動範囲を調べることが可能だったとも言えるが……。

再現したかったのよ。あれは、家族がレジャーを楽しむ姿だわ。マネキンキラーにとって、あの河川敷とボウリング場は、大切な思い出の場所なのね。

八重樫育子の言葉が耳にこびりついている。

犯人は、ターゲットの遺体とマネキンを使って家族を〝作って〟、何を伝えたかったのだろうか。

伝える？　一体、誰に？

「田中は逮捕されることを望んでいたのかもしれませんね。連続殺人鬼の中には、自分では抑えられない殺人の衝動を誰かに止めて欲しくて、わざと証拠を残したり、被害者の血で壁に《助けてくれ》とメッセージを書いたりする者もいます」

「捕まりたかったのなら、どうしてボウリング場で俺とお前を倒して逃げたんだ？　絶好の機会だったじゃねえか」

「誰しも心に矛盾を抱えているじゃないですか。痩せたくてダイエットしているのにスイーツを我慢できなかったり、浮気はダメだとわかっているのに不倫したり、風俗に通ったりとか」

「連続殺人鬼とダイエットを一緒にするなよ」

「本質的な人間の行動原理として見れば同じです」

　栞が、口から飯つぶを飛ばして反論する。

「わかった、わかった」

　ここで、こいつと議論をしている暇はない。一刻も早く、どこかに監禁されている板野明憲を見つけ出すのが先決だ。

「これ食べたら従業員に聞き込みをしますか？」

「どうだろうな……」

　バネは持てないほど熱い湯呑みでお茶を飲みながら、店内を観察した。

　ランチどきなので、混んでいる。ほぼ満席だ。忙しなく動く店員たちの様子を見る限り、板野明憲が行方不明になっていることはまだ知らないのだろう。

「ヒントになる情報が聞けるかもしれませんよ」

「何のヒントだよ？」

「板野が監禁された場所に決まってるじゃないですか」

　栞が、汚いものを見る顔になる。表情まで八重樫育子に似てきた。

「アルバイトの人間が知っているとは思えないけどな……」

「だから、ヒントですってば。どうして、そんなマイナス思考なんですか？　だから、いつまで経っても恋人ができないんですよ」

「今、俺のプライベートは関係ねえだろうが。マイナス思考じゃなくて、時間の無駄だって言ってんだよ」

「無駄かどうかは、私が判断しますから大丈夫です」

「てめえ、後輩のくせに」

栞が、間髪を容れずに被せてくる。

「じゃあ、バネ先輩が判断してくれるんですか？」

「うぬ……」

言葉に詰まった。認めるのは癪だが、行動分析の能力でいえば栞のほうが上だ。人命がかかっているときに、下手なプライドを持ち出すわけにはいかない。

「お茶のおかわりを入れましょうか」

いつのまにか、小柄な女性店員がバネの横に立っていた。

「ああ、お願いします」顔を上げたバネは湯呑みを落としそうになった。「……えっ？」

「あなたは……」

栞も女性店員を見て、目を丸くする。

「あれ、もしかして、この前の刑事さんですか？」

女性店員が、フランス人形のような微笑みで訊いた。長い黒髪に、猫のような瞳。異様に白い肌。

「レオナちゃん？」

栞が、思わず腰を浮かす。

「そうです。名前、覚えてくれていたんですね。嬉しい」

「ここで働いているのか……」

バネは、瞬時に栞と目を合わせた。これも偶然だと言うのか？

「はい。今日からアルバイトなんです。まだ、お茶のおかわりを入れることしかできないんですけどね」

間違いなく、偶然ではない。何か大きなものの手のひらの上で、踊らされているような感覚に陥ってきた。

「誰かの紹介で、ここに入ったの？」

栞が、慎重な声で訊いた。

レオナが、バネの湯呑みに急須からお茶を注ぎながら頷いた。

「オーナーの田中さんに可愛がられているんです」

20

ガッデム……膝が痛くてしょうがねえぞ。

柳川太助は皇居外苑で尾行を続けていた。ターゲットがこっちの存在にとっくに気づいているから、もはや、尾行とは言えないが。ターゲットは、言わずもがな、マネキンキラーの第一容疑者の田中である。

田中は、警視庁で八重樫育子に尋問されたあと解放された。容疑は濃厚だが、参考人として呼んだので、あれ以上拘束できる理由はない。弁護士がしゃしゃり出てきてもややこしい。

「田中から目を離さなければ、板野明憲が殺されることはないわ。田中に逃げられたら、いくらヤナさんでもぶっ殺すからね」

八重樫育子にそう釘を刺され、ヌマエリとコンビを組んで、警視庁から田中を尾行した。

田中は南青山の超高層マンションに帰宅するとすぐ、スポーツウェアとスニーカーに着替え、マンション前でタクシーを拾った。

てっきり、格闘技のジムにでも行くのかと思いきや、皇居の前で降りてジョギングを始めたのだ。

おいおい、勘弁しろよ。

皇居の前で、張り込みはできない。しかも、田中は他のランナーとは逆の時計まわりに走り出したではないか。車で尾行しようにも、車線は左側通行で、対向車線の陰にもなるし、なにかと難しい。なので、柳川だけ車を降り、皇居外苑の歩道をこうして走ることにしたのである。

昼に食べた親子丼とざるそばのセットが、喉元まで迫《せ》り上がってきた。早くも肺が痛くなり、くらくらと目眩がする。しかも、こっちは革靴だ。

オー、マイガー、吐きそうだぜ。

日頃の運動といえば、健康のために、駅でなるべくエスカレーターではなく階段を使うぐらいだ。それに比べ、前を走る田中の軽快なことよ。その姿を見る限りはウォーキングと変わらないが、実際はこちらが走らないと追いつかないほどのスピードが出ているし、その体の動きから野生のチーターのような俊敏さが潜んでいるのも窺える。

奴め、尾行されているのがわかって、わざとゆっくり走ってやがるな。

そのほうが、車で尾行しにくいからだ。車道には車の流れがある。皇居の前でトロトロと走るわけにはいかない。

嫌な予感がする。田中が、わざわざジョギングのために、この場所を選んだとは思えない。

八重樫育子とはまったく別の、ベテラン刑事の勘だ。行動分析なんて上等なものではないが、これはこれでよく当たる。

柳川は、横目で車道を確認した。ヌマエリの車は、田中を抜いて走り去っていった。皇居の周りをグルグルと回るつもりなのだろう。

田中も、ヌマエリの車が遠ざかったのがわかったのか、徐々にジョギングのスピードを上げた。

マズい。見失ってしまう。

真冬だというのに、やたらとランナーの数が多い。半袖短パンの老人までいる。ここは、「皇居ランナー」という言葉があるほどの人気スポットだ。一周の距離が短いから初心者向きだし、信号がないので止まらずに走り続けることができる。皇居の緑が気持ち良い上に、東京タワーや丸ビル、美術館や大使館、半蔵門や桜田門などの景色を楽しむこともできるのが魅力なのだ。

何度か、ランナーとぶつかりそうになって舌打ちをされた。足がもつれて、まともにまっすぐ走れない。

せめて、明日からタバコはやめよう……。長生きをしたいとは思わないが、なるべく健康ではいたい。まあ、たとえ明日ポックリと逝ったところで、悲しんでくれる人間などいないが。常連として通っているラジコン屋の主人ぐらいか。

四十五歳で独身。趣味はラジコン。コントローラーで動いてくれない生身の女は、面倒で仕方ない。だから、本気で恋愛に打ち込むことはなく、性欲は水商売の女や風俗で処理してきた。

賑やかな居酒屋のカウンターで、夜一人で飯を食べているときなど、猛烈に虚しくなることがたまにある。瓶ビールをグラスに注ぎ、ポテトサラダを箸で摘まみながら、自分の人生はこれで良かったのかと自問自答する。

後悔や懺悔《ざんげ》は性に合わないが、「勿体なかったかもな」とは思う。妻と子供たちと一緒に食卓を囲む人生も悪くなかったのかもしれない。

ただ、どんな嫁さんなのかは想像つかんがな。結婚したところで、ラジコン狂の柳川に呆れて、すぐに三行半《みくだりはん》を突きつけてくるに違いない。

柳川は、自嘲《じちょう》気味な笑みを浮かべた。すれ違うランナーたちが、怪訝な顔で見てくる。笑いながらスーツとコート姿で走る柳川が異様に映るのだろう。

ふと、警視庁の会議室のホワイトボードに《家族》と書いてあったのを思い出した。八重樫育子の汚い文字だ。

「マネキンキラーは、家族を集めてるの」

八重樫育子は、確信を得たような顔でマーカーペンを指でクルクルと回し、ホワイトボードを見つめて呟いていた。

最初の犠牲者である堀越倫子が〝母親〟なら、次の犠牲者の畠山慎也は〝父親〟なのか。ということは、次の犠牲者になろうとしている板野明憲は〝息子〟だ。

本当にそうか？

連続殺人鬼たちは己のルールや美学に厳格に従うのだと、八重樫育子から何度も説明されたが、どうも納得できない。

ならば、マネキンキラーは、一体、どんな家族を作ろうとしているのか。その目的は何だ？　奴に何があって、そこまで歪んだ狂気が生まれたのか？

「ファック！」

柳川は、思わず叫んだ。カーブに差し掛かった田中が、さらに走るスピードを上げたのだ。

逃がすものか！

懸命に腕を振って追おうとした途端、目の前に飛び出してきた長身の白人ランナーと接触した。柳川は、バランスを大きく崩し、アスファルトの窪《くぼ》みに足をとられて転倒しそうになった。

なんとか踏ん張ったものの、顔を上げたときには、田中の背中は消えていた。

21

午後七時。世田谷区。

板野明憲は、キムチと豚の脂が焼ける香ばしい匂いで目が覚めた。

またか……ええ加減にせえよ……。

朦朧とした意識の中、地元の言葉で毒づく。手首と足首に食い込む針金の痛みで、徐々に頭がはっきりしてきた。

まだ、監禁されている。どこかの一軒家のリビングらしき場所だ。

目の前の食卓には、大きめのファミリー用のホットプレートが置かれていて、豚肉がジュウジュウと音を立てて焼かれている。キムチとニンニクもだ。

ホットプレートの横には、サンチュやエゴマの葉ややもやし、スティック状のキュウリやニンジン、ネギの和えものなどの野菜が大皿に盛られ、小皿に入れられた辛味噌とごま油も並べられている。

今度は、サムギョプサルかよ……。

朝は、アサリの味噌汁とだし巻き卵と明太子のおにぎり。昼は、きつねうどんとかしわのかやくご飯だった。すべて、明憲の大好物だ。しかも、昼のうどんは、明憲が滋賀に住んでいた時代によく通っていた、京都の老舗《しにせ》の味そのままだったので、度肝を抜かれた。サムギョプサルも大好物である。高校の卒業文集の《地球最後の日に何を食べますか？》の質問に、『サムギョプサルを腹いっぱい食べる』と書いたほどだ。

おい……そろそろ焦げるぞ。

明憲が、ホットプレートのバラ肉を見て余計な心配をした瞬間、横からトングを持った長い腕が伸びてきた。筋肉質な男の腕だ。

さっきと作っている人間が違う？

「おはよう。板野君」

聞き覚えのある声……忘れるわけがない。つい一週間前に、アルバイト先で会ったばかりなのだ。

嘘やろ……。

明憲は、半分閉じていた瞼《まぶた》をしっかりと開けた。ぼやけていたリビングの景色がクリアになる。

エプロン姿の男が、鼻歌交じりでホットプレートの温度を調整し、慣れた手つきで豚肉をひっくり返していた。

「た、田中さんですよね……」

「ほう。僕の名前を覚えているのか」

「あ、当たり前じゃないですか」

田中は、明憲のアルバイト先の居酒屋チェーンのオーナーだ。社員の話では、田中の会社は六本木を中心に居酒屋系からイタリアン、スペインバル、カフェ、ラーメンなど都内に何店舗も飲食店を持っている。

「最近の若者にしては珍しいね」

田中が感心した顔で目を細め、ハサミで肉とキムチを食べやすい大きさにカットする。調理用のハサミの使い方もうまい。

「田中さんが……何でこんなところに？」

「随分と混乱しているようだね」

「も、もしかして……俺の部屋のトイレに隠れてたのは……」

「そう僕だよ。あの仮面のせいでわからなかっただろ」

田中がハサミを置いてふたたびトングに持ち替え、豚のバラ肉とニンニクとキムチを重ねた。

とても楽しそうに調理している。飲食店のサービスの鑑《かがみ》だ。いつも、社員から「もっとニコニコしろよ。働いている人間が楽しそうじゃない店には行きたくないだろ？」と注意されている明憲とは大違いである。

「サンチュがいい？　エゴマがいい？」

「えっ？」

「サムギョプサル好きなんだろ？」

「好きですけど……」

わけがわからない。田中は何がしたくて、こんな場所に明憲を連れてきて、両手両足を食卓の椅子に固定し、強制的に美味い料理を食べさせるのだろうか？　それに、朝と昼に明憲に食事をさせた、ゴスロリ風の女の子は何者で、どこに行ったのか？

一週間前、初めて田中と会ったのは、バイト先の居酒屋のオープン前のミーティングのときだ。ふらっと現れただけで、明憲とはひと言も言葉を交わしていない。

「お肉を包むのはサンチュかエゴマか、選んでくれ」

笑顔で優しい口調だが、有無を言わせぬ迫力がある。明憲は、この男に底知れぬ恐怖を感じて気が遠くなってきた。

「どっちなんだ？」

「サ、サンチュで……」

「かしこまりました。少々お待ちください」

田中はわざとらしい口調で言うと、サンチュでバラ肉を包む。実際、そこら辺の店員より遥かに素晴らしい接客ができるだろう。

「た、田中さん」明憲は、勇気を振り絞って訊いた。「これ、何なんすか？　俺、実家に帰りたいんすけど。てか、バイトも辞めます」

「アルバイトはもうしなくてもいい」

「は、はあ……」

「その代わり、〝家族〟とずっと暮らしてくれ」

「〝家族〟ってコイツらのことですか？」

「そう。彼らが君の本当の〝家族〟だ」

田中が、食卓を囲むマネキンたちを愛《いと》しそうな目で眺めた。

「どう見ても人形やないですか！」

明憲は絶叫した。どれだけ叫ぼうと、助けが来ないのはわかっている。朝も昼も、ゴスロリ相手にさんざん大声を出したが無駄だった。ゴスロリは氷のような無表情で明憲にご飯を食べさせたあと、首筋に得体のしれない注射を打ってきた。その注射で、朝と昼と二回気絶させられたのだ。一回目の朝のときはとても現実とは思えず、不気味なマネキンに囲まれて拘束されていることと、正体不明のゴスロリ女がたどたどしい手つきで注射器をかまえたのが怖くて、失禁した。パジャマみたいな服のズボンは乾いているが、股間からアンモニア臭が漂っている。

「僕はふざけることはできないんだ。これまで一度も、他の人間みたいにおどけてみたり、簡単に嘘をつくことができなかった」

「知らないですよ！　俺には関係ないですし、ほんまに帰してください！　早く実家に帰らんと、おかんがヤバいんですよ！」

母親はピンピンしているが、ここを脱出するためなら嘘でも何でもついてやる。

「だから、ここが、君のマイ・スイート・ホームなんだってば」

ダメだ。会話が成立しない。一週間前のミーティングのとき、社員やアルバイトたちから羨望の眼差しを集めていたこの男は、完全な異常者だったのだ。

「食べますから……この家の住人になりますから……せめて理由を聞かせてくれませんか？お願いします！」

「理由？」

田中が、キョトンとした表情で首を傾げる。

「なんで、俺だけがこんな目に遭わなあかんのですか？」

「板野君だけではないよ」

「えっ……」

「あと二人、母親と父親になった人たちがいた」

「そ、その二人はどこに行ったんですか？」

「おいおい、板野君の目の前にいるじゃないか」

「これはマネキンですよ……」

田中が、無表情になり首を横に振った。

「違う。〝家族〟だ」

背筋が氷水をぶっかけられたように冷たくなった。確信した。今夜ここで殺されてしまう。

明憲は、諦めにも似た感覚に支配された。今まで、大切な時間を適当に生きてきた罰が当たったのかもしれない。いつ死ぬかわからないからこそ、懸命に今を生きなければならなかったのに……。

滋賀の実家で、明憲が帰ってくるのを、首を長くして待っている母親の顔が浮かぶ。胸が詰まり、視界が涙で滲んだ。

「た、田中さんが、か、〝家族〟を作るのは……なぜですか？」

明憲は、恐怖を堪えてしつこく質問を続けた。声が震えて仕方がない。

何も知らんまま、殺されてたまるか！

田中が、ホットプレートのスイッチを切った。豚のバラ肉を包んだサンチュは手に持ったままだ。

長い沈黙のあと、田中がようやく口を開いた。

「その昔、ある家族がとても幸せに暮らしていた。五人家族だった」

唐突に、昔話でも語るような口調になる。

話を逸らすつもりか……。

明憲は苛ついたが、とりあえずは耳を傾けた。今は田中のペースに耐えるしか方法はない。

「悪魔は突然、訪れる。何の前触れもなく、家に侵入してくる」

田中の目が赤くなっている。泣いているのか、怒っているのか、まったく表情が読めない。

「あ、悪魔って何ですか？」

「荷物の配達員だった。まだ午前中で、家の隣の公園からは、子供たちが遊ぶ声が聞こえてきた」

何のことを言っているのかさっぱり理解できなかった。薬物か何かでラリっているのかと思ったが、呂律《ろれつ》はしっかりしているし、視線も泳いでいない。だが安心はできない。薬物なら、言動がおかしい理由がわかる分、まだ安心できる。

田中は、戸惑う明憲を置いて昔話を進めた。

「インターホンが鳴った。ドアを開けたのは母親だった。料理が抜群にうまい、優しい母だった」

「今、話してるのは実話ですか？」

「配達員は、短い鉄の棒を持っていた」

「いや、あの……」

「母親は、その鉄の棒で頭を殴られた」

「ええっ？」

「頭から血が噴き出し、玄関で気を失った」

……やっぱり妄想なのか？

田中は、すでに明憲を見ていない。マネキンたちに向かって、無機質な声で淡々と語っている。

「配達員は、陸に打ち上げられた魚みたいにビクビクと痙攣する母親を跨《また》ぎ、リビングへと入ってきた」

隣が公園……もしかして、この家のことなのか？

朝、ゴスロリに明太子のおにぎりを食べさせられているとき、子供たちのはしゃぐ声が微かに聞こえたような気がする。意識が朦朧としていたので、てっきり幻聴かと思っていた。

「日曜日だった。家族は遅めの朝食を取っている途中だった。配達員は、トーストを焼いていた父親の後頭部を鉄の棒で殴りつけた。無口だが、家族思いの人だった。倒れた父親の頭から、どんどんと血が溢れ出し、食卓の下に赤い血溜まりを作った。三人の子供たちは、悲鳴を上げることすらできなかった」

「子供がいたんですか……」

明憲は、いつのまにか話に引き込まれている自分に気づいた。

「ああ。少年だが逞しい兄、わがままだが賢い妹、幼稚園に通いはじめたばかりの小さな弟の三人だった」

これが本当の話ならば、まさに地獄絵図だ。サムギョプサルで刺激された胃液が逆流しそうになる。

「配達員は、仮面のように表情のない男だった。顔や体つきに目立ったところはなく、どこにでもいそうなごく普通の男に見えた。配達員はまだ息がある母親を玄関から引きずってきて、無理やり食卓に座らせた。そこで何を言ったと思う？」

「わかりません……」

「配達員は、怖くて石のように固まっている子供たちに向かって『お母さんを大切にしようね。大きくなったら君たちが守ってあげるのだよ』と言ったんだ。穏やかだけれど情熱的で素敵な教師みたいな口調だった。そして、ゆっくりと首を絞めた」

「だ、誰の？」

「母親の白くて細い美しい首さ」

「……殺したんですか？」

田中が、相変わらず無表情のまま頷く。冷たくて気力がないというよりは、何かを悟ったような温かさがある。

「息を引き取った母親は、テーブルにうつぶせになり、血まみれの顔を目玉焼きの皿に突っ込んだ。まるで、ケチャップをかけ過ぎたみたいに目玉焼きが真っ赤になったのを覚えているよ」

「覚えてるって、田中さんもそこにいたんですか？」

もし、そうだとしたら……。

田中は、明憲の質問には答えず続けた。

「次は父親の番だった。配達員は、父親を食卓に座らせて、何て言ったと思う？　また子供たちに向かって言ったんだ」

「聞きたくないです」

「配達員は、『お父さんを労《ねぎら》ってあげようね。みんなのために、お外で一生懸命働いているのだよ』と微笑んで、父親の首を絞めた」

「やめてください！」

耳を塞ぎたいが、両手が針金で椅子に固定されているのでビクともしない。

「絶命した父親もテーブルにうつぶせにされて、顔がヨーグルトとママレードまみれになった。美味しそうな朝ご飯が並んでいたのに、すべてにケチャップが振りかけられたみたいになってしまった。僕は、パパの焼いたトーストとママの焼いた目玉焼きが大好きだったのに」

「俺には関係ないやろ！」

明憲は、タメ口で怒鳴った。もう、この極限状態で馬鹿丁寧に敬語を使っている場合ではない。

「お兄ちゃんなんだから、生き返ってくれなきゃ。僕、寂しいよ」

田中の言葉遣いが子供になっている。

……ヤバい。絶対に殺される。

「お願いします！　何でもしますから許してください！」

「お兄ちゃん。食べて」

田中は、冷めたサムギョプサルに味噌を付けて、強引に明憲の口の中にねじ込んだ。ごま油の香りと豚バラの甘い脂と味噌が混じり合い、シャキシャキの野菜を引き立たせる。

だが、まったくもって美味いとは思えない。

「よく嚙んで飲み込むんだよ」

「食えるか！」

明憲は、口の中のサムギョプサルを吐き出した。

「美味しくなかった？」

田中が、悲しそうに目を潤ませた。さっきまでの無表情が嘘のように、表現が豊かになっている。

「俺を殺したところで、あんたの家族は戻って来《こー》へんぞ！　これ以上、罪を重ねんのはやめろや！」

「罪？」

「俺を殺したあと、もう二人の命を奪うつもりやろ？」

田中の話では、子供たちは三人兄弟だ。明憲の役柄が長男の少年ならば、妹と幼稚園児が残っている。

直感でわかった。この男は、あとの二人のターゲットも目星を付けているはずだ。いや、とっくに、どこかに監禁しているかもしれない。

「だから、命を与えるんだってば」

田中の手に、タオルが握られている。

なるほどな……。そのタオルで、俺の首を絞めて殺すわけだな。どこまで用意周到な奴やねん。

明憲は、ヤケクソになって呟いた。

ひとつ気になるのは、田中の話が幼少期の事実だとすれば、田中の家族を惨殺した殺人鬼が存在することになる。おそらく、幼稚園児が田中だろう。

そいつは、今どこに？　捕まって刑務所にいるのか、逃げ切ってどこかで息を潜めているのか、とうの昔に息を引き取ったのか？

田中が明憲の背後に回り、首にタオルを巻きつけた。

「あんたの兄ちゃんと姉ちゃんも首を絞められて殺されたんか？」

「うん」

あまりにも酷過ぎる。幼稚園児だった田中が壊れたのも無理はない。ほんのわずかだが、同情してしまう。

ただ謎は、その殺人鬼はどうして田中だけ殺さなかったのだろうか、ということだ。意味があって残したのか？　それとも殺す予定が何らかのハプニングで狂ったのか？

「お家に帰してあげる」

田中が、明憲の首を強く絞めた。ギリギリと音が鳴る。

「ご……ごっ……はっ」

あっという間に、意識が遠のいていく。

母ちゃん……ごめんな……。

滋賀の実家で、明憲の帰りをそわそわと待っている母親の顔が過《よぎ》る。明憲の家は、ひとつだけだ。

意識が落ちる寸前、田中が手を止めた。止まっていた血液が一気に脳味噌に入り込み、クラクラと目眩がする。

鳴っている。インターホンだ。

助かった……のか？

「誰だ」

田中が舌打ちをし、明憲の首のタオルを解いた。そのタオルを明憲の口に詰め込む。首を絞められながら涙を流していたので、口を封じられると、鼻水で呼吸ができなくなる。

「声を出すなよ」

田中に耳元で囁かれた。大人の口調に戻っていた。

たぶん、セールスマンか宗教の勧誘か近所のガキのピンポンダッシュだろう。映画や小説ならまだしも、この場面でスーパーヒーローが現れるわけがない。現実はそんなに甘くはないのだ。田中は、すぐに戻ってきて、躊躇なく彼の大切な儀式を続行するはずだ。

どうせ死ぬのならば、食っとけばよかったな……。

明憲は、ホットプレートで冷たく固まっている豚のバラ肉を見て絶望の溜め息を漏らした。

もう一度、高校の卒業文集に自分が書いた言葉を思い出す。

《地球最後の日に何を食べますか?》の質問には、『サムギョプサルを腹いっぱい食べる』と答え、《座右の銘は?》の質問には、『最後まで諦めない』と書いた。

人生、諦めたら終わりやけど……どうしようもできへん。

せめて、想像の中でサムギョプサルを味わおうと、明憲は目を閉じて豚のバラ肉とキムチの香りに鼻をヒクつかせた。

22

男が、怒った顔でドアを開けた。初めて見る表情だ。いつも優しい目が、吊り上がっていて怖い。

「何しに来た？」

口調まで冷たい。堂上礼央奈は、早くも泣きそうになった。

「怖くなったの……」

「何が？」

間髪を容れずに訊かれた。男の右足が激しく貧乏揺すりをしている。相当苛ついているのだ。

「ごめんなさい」

「だから、何が？」

「だって……」

責められると言葉が出なくなる。

「どうしたんだい？」

男が、急に猫なで声になった。それでも、面倒臭がっているのがヒシヒシと伝わってくる。

「今日のお昼に、来たの……バイト先に……」

「誰が？」

「……刑事。二人も」

い。

「だから？」

男は表情を変えない。いつだってそうだ。礼央奈には決して心の中の真実を見せてくれない。

「入りなさい」

男が、玄関に招き入れてくれた。だが、そこから先は入らせないという意思が伝わってくる。

「……帰してあげないの？」

礼央奈は、リビングのドアを見た。人の気配がする。朝と昼に、礼央奈がご飯を食べさせた若者がまだいるのだ。

「もう終わる」

ゾッとするほど冷たい声だった。男は表情に乏しいが、基本的には目や声が温かい。だけど、時折、死神みたいに恐ろしくなるときがある。

「私も横で見ていていい？」

「ダメだ」

「お願い。邪魔しないから」

「頼む。今夜は帰ってくれ。大人しく待っていてくれれば、素敵なプレゼントを用意できるから」

「そのプレゼント……いらない」

「どうして？」

「欲しくない」

きっと、貰ったら、あと戻りできない。あの高いお城みたいなマンションにも一人で帰りたくなかった。

「何があった？　レオナはあんなにいい子だったのに」

「わたしは元から全然いい子なんかじゃない。馬鹿だし、ブスだし、本当の家族も捨てたし」

「何言ってるんだ。本当の家族は僕だろ？」

男が、優しく礼央奈を抱き寄せた。大好きなハグだ。男の胸に顔を埋めると、全身が溶けるような気持ちになって、嫌なことをすべて忘れることができる。

でも、今夜は違う。礼央奈は両手で突き飛ばすようにして、男から体を離した。心臓がちぎれそうなほどバクバクしている。

「レオナ……」

「嫌だ。やめて」

もう一度ハグしようとする男を頑なに拒否した。

「僕を一人にしないでくれ」

「一人じゃないじゃん。大金持ちなんでしょ？　わたしと違って周りに人がいっぱいいるじゃん」

「孤独なんだ。誰も本当の僕を知らない。見てくれない。こんな気持ちはレオナが初めてだ。信じてくれ」

「不安なの……わたしだって、ずっと、あなたと暮らしたいと思ってた。でも、魔法が解けたの」

「誰だ？　僕たちの仲を引き裂こうとするのは？」

「誰でもないよ。自分で目が覚めたの」

そのきっかけを作ってくれたのは、あの栞という女刑事だ。彼女はお姫様みたいに美しいのに、とても強くてヒーローのようにかっこいい。

「朝と昼は僕を手伝ってくれたのに……」

男が肩を落として落胆する。この男がこんなにも弱っているのを見るのは初めてだ。胸の奥がギュッと締め付けられて痛くなる。

「怖かった……。会ったこともない男の人にご飯を食べさせて、注射を打つなんて意味がわかんないもん」

「だから、意味はあとでゆっくり説明するって言っただろ？　時間がないんだよ。急がなきゃいけないんだよ」

「今すぐ説明して。じゃなきゃ、帰る」

自分でも不思議だった。体の中からグングンと力がみなぎってくる。今日の昼に、六本木の新しいバイト先で二人の刑事に会ってから、礼央奈の何かが変わった。

六本木ヒルズの和食ダイニングレストランは男の紹介だった。男に、「板野君に二本目の注射を打ったら、次はここに行ってくれないか。忙しいランチの時間だけ手伝って欲しいんだ。店長には話を通してある」と急に頼まれたのだ。

今まで人に頼られたことがないから嬉しかった。しかも、愛している人に何かをお願いされるのは初めてだ。だから、監禁している若者にご飯を食べさせて注射を打つという理解できないこともやってしまった。昼までの自分は、洗脳されていたのだと思う。

だが、栞のおかげで、洗脳は綺麗に解けた。

和食ダイニングのバイトが終わったあと、待っていた栞と六本木ヒルズのスターバックスで話をした。もう一人の若い男の刑事も礼央奈と話したがっていたけれど、苦手なタイプなので、前回同様、遠慮して貰った。

最初は何も喋れなかったが、栞のほうから色々話してくれて、緊張が解けた。女優から刑事になったきっかけ、家族との間に未だに残る確執、そして、将来の夢……。とくに夢を語る栞は、キラキラと眩しくて礼央奈は目を開けてまともに見られなかったぐらいだ。

栞には、とても尊敬できて憧れている上司の女刑事がいるらしい。

「いつか、あの人を超えてみせる。まだまだ雲の上の存在だけどね」

そう言って、栞はチャイティーラテを飲んで笑った。演技ではなく、会ったばかりの礼央奈に心を許してくれているのがわかった。

礼央奈も自分の話をした。家族の話だ。父親に対する思いを栞にぶつけた。

礼央奈は、幼いころから悩んでいた。

父親のことを愛してもいいのか、と。尊敬はしている。弁護士としてバリバリと働き、家族を養う姿はとても立派だと思う。

だけど、ずっと違和感があった。ウチのパパは、他のパパとは何かが違う。理由はうまく説明できない。どうしても、パパを前にすると体が強張り、懐に飛び込めないのだ。

パパには独自の世界があった。頻繁に現実から逃避するのだ。五分ほどボーッとして周りの声や音が聞こえなくなったかと思えば、食卓に座って目を閉じたまま、一時間も身動きをしないときもあった。数ヶ月に一度は、何も言わずに家を出て、一週間近く帰ってこない。

どこで、何をしていたのか言ってくれないし、訊いたところで「仕事だ」としか答えてくれなかった。

ママが他の男に走ったのも、それが理由だと思う。寂しかったのだ。礼央奈は家出をして高層マンションでの一人の生活を体験し、ようやくママの気持ちがわかった。愛する人に放置されることほど辛いものはない。

パパとの間に決定的な溝が出来たのは、礼央奈が十二歳のときのある出来事からだった。

深夜。冬だったにもかかわらず、礼央奈は熱帯夜みたいな寝苦しさで目が覚めた。汗でパジャマがグッショリと濡《ぬ》れていた。別に怖い夢を見たわけではない。

誰かに見られている……。暗闇の中、目を凝らした。

枕元に影が立っていた。思わず、悲鳴を上げようとしたら、黒い革の手袋をした手が、礼央奈の口を押さえた。

「大丈夫。何もしないよ」

その影はパパだった。こんな時間に礼央奈の部屋に入ってきたことはない。それに、なぜ、家の中で手袋をしているのか……。

「いい子だから静かにしておくれ。パパは礼央奈の可愛い寝顔が見たかっただけだ」

……本当にパパなの？

暗い部屋の中で、二つの目が爛々と輝いている。普段、石鹸《せっけん》の香りがするパパの体から、獣のような異臭がした。

パパに犯されるの？

まだ処女だったけれど、ある程度の知識はあった。ネットで父親に無理やりセックスを強要された少女の記事を読んだこともある。

礼央奈は、どう反応していいかわからなかった。隣の部屋ではママが寝ている。礼央奈が叫び声を出せば、すぐに駆けつけてくれるだろう。

でも、そんなことをしたらどうなる？　家族がバラバラになってしまう。

「目を閉じてごらん」

パパが礼央奈の口から、手を離した。

言われるがまま、瞼を閉じた。これ以上、別人のパパを見るよりはマシだ。

「レオナは弟妹が欲しかったかい？」

パパが、礼央奈の頭を優しく撫でる。革の手袋の感触が気持ち悪い。ただ、ベッドに入ってくる雰囲気はなかった。

礼央奈は、コクリと頷いた。昔から、可愛い妹がいればいいなと思っていた。

「ごめんね。パパのせいなのだよ」

鼻を啜る音。泣いてるの？

「家族を作るのが怖い」

熱い液体が、頬に落ちた。やっぱり泣いている。

髪を撫でていた手が、喉元にきた。

「レオナは、どんな家族を作るのかな」

大きな手が、礼央奈の細い首を摑む。

いよいよ、犯される……。

母親の顔が思い浮かび、身を強張らせた。パパもママも傷つけたくない。わたしが我慢すればいいんだ。

しかし、パパは礼央奈の首から手を離し、部屋のドアを開けた。

「おやすみ」

パパが去ったあとも、礼央奈は喉元に残る感触が怖くて一睡もできなかった。

「わかった。説明するよ」

帰ろうとする礼央奈の腕を、男が強い力で摑んだ。

痛い。二の腕の骨が軋んで折れそうになる。

「本当に？」

　礼央奈は振り返り、男の顔を見上げた。この状況で板野明憲を救えるのは礼央奈だけだ。生まれて初めて、母性のようなものが芽生えたのかもしれない。

「ああ。約束する。リビングに来てくれ」

「うん……」

　しかし、足が重い。体が拒否している。

　一緒に行ってもいいの？

　なぜか首元がざわつき、不快な気持ちになる。逃げたほうがいい。本能がそう呼びかけているようだ。

「早く、おいで」

　男の体から、獣臭がした。

「やっぱり……帰る」

「ダメだ。ここがレオナの新しい家なんだから」

　嫌だ！

　男が、礼央奈を引きずって玄関の廊下を歩く。礼央奈は靴を履いたままだが、男はお構いなしだ。

リビングのドアが開いた。

「おかえり。レオナ」

「ここはわたしの家じゃない！」

「何言ってるんだ。家族が待ってるよ」

男が礼央奈の顎を摑み、食卓に顔を向けさせる。

食卓には、三体のマネキンが並んでいた。昼に見たのと同じ風景だ……いや、ひとつだけ違う。

「あれ……？」

男が、間の抜けた声を出す。

誰も座っていない食卓の椅子があり、周りに針金が散らばっていた。そこにいるはずの板野明憲がいない。

「どこ……僕のお兄ちゃんはどこ？」

男の声色《こわいろ》が変わった。まるで、幼稚園児の男の子みたいな喋り方だ。

「レオナちゃんを放せ」

冷蔵庫の前に誰かがいる。板野明憲の声ではない。

「お前は……」

「また会ったな。マネキンキラー」

栞といた若い刑事だ。たしか名前は……。

思い出した。赤羽健吾だ。

「お兄ちゃんをどこにやった？」

「返して欲しけりゃ、俺を倒せ」

リビングのカーテンが風に揺れている。赤羽健吾は、庭から侵入してきたのだろう。

礼央奈は、獣と豚肉が焼けた臭いの中に、甘い香りが漂っているのに気づいた。

栞だ。栞がさっきまでここにいた！

二人の刑事は、どうして、この場所がわかったのか？　たぶん、ここまで来た礼央奈を尾行したのだ。

「今度は殺すよ」

男が礼央奈の腕から手を離し、大股で赤羽健吾へと向かっていった。

23

へその下に力入れんかい。

バネは、祖父の言葉を思い出し、丹田に意識を持っていった。子供のころに竹刀で小突き回された恨みはあるが、祖父の教えのおかげで修羅場を幾度も乗り越えてこられたのだ。伝説の刑事、赤羽光晴。俺は、その血を引いている。同じ相手に二度も負けてたまるかよ。

田中が、ノーガードで距離を詰めてくる。背後には冷蔵庫。右斜め前のキッチンカウンターが邪魔だ。狭い場所で、田中と戦うのは分が悪い。

「オラッ！」

バネはわざとらしい大声で威嚇し、左斜め前のコンロの上に置いてあったフライパンの把手を摑んだ。中には何も入っていない。

キッチンに入ってこようとした田中が、警戒して一瞬足を止める。

「くらえ！」

田中の顔面に向かって、フライパンを投げつけた。たとえキッチン用品だとしても、武器を使うのは己の美学に反する。

まあ、フェイントってことにしておくか。

回転しながら飛んでくるフライパンを田中があっさりと避けた。上半身を軽く捻っただけの必要最小限の動きだ。

バネはその隙にカウンターに手をついて乗り越え、リビングに出た。マネキンたちが座っている食卓が邪魔だが、キッチンで戦うよりはマシである。

相手をおちょくれ。頭に血ィ上らせたら、足元がフラつきよる。

わかってるよ、ジジイ。

バネは、祖父の教えを実行した。キッチンから戻ってくる田中と距離を取りながら、マネキンの後頭部をぶん殴った。

「やめて！」田中が妙に甲高い声で叫ぶ。「パパをイジメないで！」

まるで、少年のような声色だ。

何言ってるんだ、こいつ？

連続殺人鬼の思考がまともでないのはわかっているが、あまりにも不気味だ。声だけでなく、顔まで子供みたいに泣きそうになっている。多重人格者なのか？　まるで別の人格に支配されているようだ。

「オラッ！」

肘を使って、さらに強くマネキンの頭を殴った。鈍い音がして、勢いよくマネキンの首が取れる。

「パパ！　死んじゃ嫌だ」

田中が絶叫して、床に転がった首を拾い上げた。

立て続けに、バネはもう一体のマネキンの首元にハイキックを叩き込んだ。今度は、一発で首がもげ、リビング奥のソファまで吹っ飛んでいった。

田中が悲鳴を上げた。

「また来たのか悪魔！　ぼくのお家に入ってくるな！」

意味不明の言葉を並べて、こちらへと突っ込んでくる。足元がガラ空きだ。

バネは田中の膝にローキックを放った。全力で蹴る必要はない。大切なのはタイミングと精度だ。

いい感じでヒットした。田中がもんどり打って床に転がる。膝を押さえ、呻き声を上げて悶絶《もんぜつ》する。

脆《もろ》い。格闘技の達人のはずなのに、あまりにも弱い。本当に別の人間になってしまったのか。

だが、油断はするな。慎重にいけ。

バネは隙だらけの田中に近づき、大振りはせずに爪先で脇腹を鋭く蹴った。サッカーでいうところのトーキックというやつだ。

「がはっ」

肺の横を蹴られると呼吸が止まる。呼吸が止まれば、動きが止まる。

バネは田中に跨り、マウントポジションを取った。ボウリング場の地下で戦ったときと真逆の立場になった。

借りを返す時間だ。

目を狙い、拳を振り下ろす。田中が反射的に顔面をガードした。関係ない。殴り続けるまでだ。

リビングに、ゴツゴツと骨と骨がぶつかる音が響き渡った。

バネは、田中の両腕の隙間を狙い、何度も何度も拳を叩き込んだ。田中の鼻や口に当たるたびに、血が飛び散る。

田中が苦し紛れに上半身を捻り、背中を向けた。チャンスだ。

バネは背後から田中の首元に両腕を滑り込ませた。体を密着させ、力任せに絞め上げていく。

「ぐぎぎぎぎ」

田中の涎《よだれ》が、バネの腕に垂れてきた。

勝った。この体勢から逃れるのは不可能だ。

そのとき、足音が近づいてきた。バネはギクリと身を強張らせた。一対一なら、この技から脱出はできないが、仲間がいるのなら話は別だ。

いきなりバネは、後頭部を硬いもので殴られた。目の奥で火花が散る。もう一発食らう。力が抜け、もう少しで失神させることができたはずの田中を放してしまった。

意識が遠くなる。バネは仰向けになり、自分を殴った相手を確認した。

そこには、フライパンを持ったレオナが立っていた。怯えた顔で、バネを睨みつけている。

マジかよ……。

レオナがもう一度、フライパンを振り下ろし、完全にバネの意識を断ち切った。

24

「必ず、警視庁に行くのよ！　わかった？」

午後八時。世田谷区。

大通りに出た栞は、板野明憲をタクシーに押し込みながら怒鳴った。

「ぐうっ……ひぐっ……」

「男が泣くな！」

栞は、板野明憲の左頬を張った。

「ひいっ」

「わかったら、頷いて！」

板野明憲がガタガタと震えてコクコクと首を振る。

パニックになるのも無理はない。殺される寸前だったのだ。栞とバネが、あと数分、あの公園横の一軒家に到着するのが遅ければ、他の被害者と同じくマネキンキラーの犠牲になっていたのだろう。

「い、一緒に……き、来てくれないんですか？」

やっと口を開いた。栞の腕を摑み、手を離そうとしない。

「無理よ！」

「ど、どこに行くんですか？」

「あの家に戻るのよ」

「殺されますよ！」

板野明憲の大声に、運転手がギョッとして振り返る。

「ちょっと、お客さん、トラブルはごめんだよ」

「警視庁の者です」

栞は警察手帳を運転手に見せた。グズグズしている場合ではない。早く行かないとバネが殺されてしまうかもしれないのだ。

いつもバネに向かって毒を吐いてはいるが、尊敬していないわけではない。なんだか照れ臭くて、うまく表現できないだけだ。

バネには、栞とはまた違った真っ直ぐさがあった。栞は、目的のためには手段を選ばず、計画性と大胆さと女優時代に鍛えた〝アドリブ力〟で勝負していく。だが、バネは何も考えずにがむしゃらに突進していくのだ。まるで、ブレーキの壊れた暴走特急のように。一歩間違えば、ただの馬鹿である。

でも、ちょっぴり羨ましい。真の天才は馬鹿と紙一重だから。

栞は女優のころから自分の中にある〝狡《ずる》さ〟が嫌いだった。いくら天才女優ともてはやされようと、自分は一流を超えた存在にはなれないのが痛いほどわかっていた。

バネなら、もしかすると伝説の刑事になれるかもしれない。彼は一流にはなれないけれど、超一流にはなれる可能性を秘めている。

たぶん、栞は嫉妬している。だから、バネに冷たく当たるのだ。

「刑事さん、行かないで！」

板野明憲が抱きついて栞の胸に顔を埋めてきた。いい加減にして欲しい。

「……わかったわ」

栞は、溜め息交じりに言った。

「本当？」

「うん。ずっとついていてあげるから、放して」

「絶対だよ！　刑事さん！」

「うん。約束するから放しなさい」

まるで、ガキだ。マネキンキラーに襲われたのは気の毒だが、図体ばかりデカく、大人になれない若い男は、苛ついて仕方ない。歴代の彼氏は、全員が十歳以上は離れた歳上だった。歳下と付き合うなんて想像すらできない。

「……ありがとう、刑事さん」

板野明憲が、ぐしゃぐしゃになった顔を上げた。

「おやすみ」

「へっ？」

栞は、ニッコリと笑って、目の前の細い顎先に向かってコツンとパンチを入れた。緊急事態だというのに、バネとのやりとりを思わず思い出した。

「女でも一発で大男を倒せる技を教えてやるよ」

刑事に成り立ての一ヶ月目に、早くもバネが先輩風を吹かせてきた。後輩ができて嬉しくて仕方ないという表情で鼻の穴を膨らませている。

警視庁から徒歩五分の場所にある庶民的な定食屋のカウンターに並んで座っていた。初めて、「飯行くぞ」とランチに誘われたのだ。注文も「この店は生姜《しょうが》焼き定食が最高だから、それにしろ」と勝手に決められた。

イラッとした。上下関係が厳しい芸能界でも、栞は異端児だった。理不尽でムカツく先輩には、どんな大御所であろうと楯突いてきた。その代わり、尊敬に値する人物であれば、たとえ後輩であろうと礼儀正しく接した。

「いいです。まだ食事の途中ですから」

栞は、バネの申し出を即座に断った。時間が勿体ない。超リスペクトする八重樫育子に追いつくためには、勉強しなければいけないことが山のようにあるのだ。

「おいおい。それが新米の態度かよ」

出た。お決まりの文句。自分だって、つい最近まで新米だったくせに。

「刑事なんで、喧嘩はしませんから」

「喧嘩じゃねえよ。いざっていうときに使えるだろ」

「何ですか？　いざって？」

「たとえばだな……凶悪犯と一対一で戦うときがあるかもしれないだろ？」

「ありませんし、ありえません」

「おいおい、新米が決めつけるな！」

「いざっていうときは、銃を使えばいいじゃないですか」

「銃が使えない状況もあるだろ」

「どんな状況ですか？」

「それは……いいから覚えろ！」

バネが、握り拳をコツンと栞の顎の先に当てた。

「やめてください。セクハラで訴えますよ」

「うるさい！　黙って聞け！」

面倒だけど相手をしてやるしかなさそうだ。バネの隣に座る二人組のＯＬがクスクスと笑っている。当然、バネは気づいていない。この男は、熱くなると酔っぱらった猪《いのしし》みたいに周りが見えなくなるのだ。

「パンチは大振りしちゃダメだぞ。大切なのはタイミングと精度だ」バネが得意げに続ける。「拳はこの角度で顎の先を擦るように殴れ。脳が揺れたら、どんな男でも立ってはいられない」

「はい。ありがとうございます。一生使わないと思いますけど」

栞はそっけなく礼を言って、豚ロースの生姜焼きを口に入れた。バネの言うとおり、最高に美味いのはたしかだ。

バネは溜め息をつき、ぼやいた。

「本当、生意気な後輩だぜ」

板野明憲が白目を剝いて後部座席にぶっ倒れた。脳が揺れたのかどうかは知らないが、軽いパンチであっけなく気絶させることができた。

びっくりね……。

バネの喧嘩の技術は、贔屓目に見ても尊敬に値する。

「運転手さん、この子を警視庁までお願いします」

「か、かしこまりました」

栞は目を丸くしている運転手に一万円札を渡し、タクシーを飛び出した。どんな巨匠の映画の撮影でも緊張しなかったのに、心臓がバクバクしている。

勝手に死んでいたら許さないからね、バネ先輩。

幕間　家族

（一九七八年　十月二十五日）

目黒区。午前八時。

光晴は高級住宅街でタクシーを降りた。隣に平野はいない。

雲ひとつない秋晴れだった。朝日が眩しく、目を細める。近くに小学校があるのか、光晴の前をランドセルの小学生の集団が横切る。

新幹線の時間はまだ先だった。昼過ぎに品川駅に着けばいい。大阪に帰る前に、どうしても会っておきたい家族がいた。

「私……刑事を辞めます」

昨夜、そう言って、平野は自宅で泣き崩れた。自首をしたマネキンの少年・野《の》島《じま》浩紀《ひろのり》が逮捕されたあとだった。

野島少年は平野の寝込みを襲い、ロープで拘束したあと、一切の危害を加えることなく、警官が部屋に突入するまで、ただ話をしていただけだったそうだ。

「奴は悪魔を超えています。奴を絶対に生かしておいてはいけません」

平野は、嗚咽《おえつ》しながら嘔吐《おうと》を繰り返した。

――本当の家が欲しかった。

それが、野島少年が菊池家を惨殺した動機だった。野島少年は、動けない平野に、三歳児の菊池一久ちゃんだけ手をかけなかった理由を説明した。

小さい子なら、まだ間に合う。僕と同じ人間になってくれる。

野島少年は、幼いころから常に自分の胸の奥にある衝動に苦しめられてきた。人の命を奪いたい。何物にもかえられない万能感に、思う存分浸りたい。それに、本当に幸せな家族なんて、世の中に存在するわけない。そんな偽善は悪だ。家族という偽善があるから、人は苦しむ。家族さえ壊せば、家族愛に溢れる人の命を奪えば、世界は美しいものに変わる。

この世にはごく稀に、他人には決して理解できない〝闇〟を抱える者が存在する。長年、懸命に抑えつけてきた闇は膨張し、いつの日か爆発するのだ。事件が起きると、あとになってから、人は、その闇があったから犯人は事件を起こしたのだと、理由づけしたがる。親の愛が足りなかったから。虐待を受けたから。愛する人に裏切られたから。人を信じられなくなったから。いじめられたから……。しかし、実のところは、具体的な理由があって〝闇〟が生まれたとは限らない。常識では理解できない、根深い〝闇〟は、本人以外、いや、本人だって、どうすることもできないものなのだ。

野島少年は、ずっと孤独だった。家族にすら、本当の自分の姿を見せることはできなかった。

悩み、苦しみ抜いた末に、野島少年が取った行動は、物心のついていない幼い子供がいる家庭を見つけ、目の前で家族を殺して後継者を作ることだった。

真実かどうかはわからないが、野島少年は事件を起こしたその日、すぐに逃亡せず、数時間をかけて菊池一久ちゃんとおままごと遊びをしたらしい。家族の死体を人形代わりに……。

「これからも野島のような怪物に出会うのが怖いのです」

平野は覗いてはいけない、人間の闇に触れてしまった。十六歳の少年に心を壊されてしまったのだ——。

光晴は、野島家のインターホンを押した。白塗りの壁が眩しい、立派な一軒家だった。

少しの間があり、玄関のドアが開かれる。光晴が訪れることは、前もって野島家には電話で伝えていた。

「この度は……息子がとんでもないことを……世間様に何とお詫びをしていいのか……」

五十歳前後の中年の男が迎えに出てくれた。ごく普通の典型的なサラリーマンである。昨夜は一睡もできなかったのだろう。真っ赤に目を腫れ上がらせていた。

「初めまして。大阪府警の赤羽光晴といいます」

「家内は寝込んでしまい……とても人と会える状態では……」

野島少年の父親も、まともに立てずにふらついている。まるで朽ち果てた木のように今にも崩れ落ちそうだ。

「電話でも説明しましたが、お宅に上がらせていただけないでしょうか。ほんの数分でいいんです」

「しかし……」

「あなたを責めているわけではないんです」光晴は、なるべく温かい声で言った。「こんな言い方が合ってるかどうかはわかりませんけど、息子さんは誰が育てても今回と似た事件を起こしたでしょう。二十年以上刑事をやってきて、色んな犯罪者を見てきました。だいたい、犯罪には理由があります。金がないから、恨みがあるからと、罪を犯す。しかし中には、理由が見えない、心がまったく見えない人間がいる」

「息子がそうだってことなんですね……。大人しかったですが、優しい子だと思っていました。友達と喧嘩して怪我させたこともありませんでしたし……」

「そういう資質を持った人間は、歪んだ欲望を止めることはできない。だけど、その前に必ずSOSを出しているはずです。それに気がつくことができれば、今後、似たような不幸な事件を防げるはずです」

「この家の中に……息子のSOSがあるかもしれないのですね」

父親の目に微かに光が戻った。

「刑事人生を懸けて、俺が見つけ出しますので、お願いします。お宅に上がらせてください」

光晴は深々と頭を下げた。

「よろしくお願いします」

父親が力強く言い、光晴よりも深く頭を下げた。

この近所には、高校もあるのだろうか。野球部の掛け声と、金属バットが硬式球を弾き返す音が、遠くで響いている。

あいつ、今頃、野球部の朝練だろうな。

光晴は、大阪にいる息子を思い出した。真っ黒に日焼けして、大飯を食らっては、暇さえあれば庭で素振りをしている。今年の夏辺りで、きっと光晴の身長を追い抜くだろう。

有馬温泉は、刑事引退までお預けだ。刑事としてやるべきことが、まだまだ残っている。

「お邪魔します」

光晴は下腹に力を入れ、野島少年の父親が開けてくれた玄関をくぐった。

第五章　食卓の決戦

（二〇一三年　一月二十七日）

25

何の匂いだ……これは……。

視界にモヤがかかっている。後頭部がズキズキと痛い。

コーンスープだ。間違いない。

「おはよう。赤羽健吾君」

男の声でバネは目が覚めた。一気に視界がクリアになる。

窓から光が差し込んでいる。

朝……なのか？　そうであれば、昨夜から、かなりの時間、意識を失っていたことになる。

どこかのマンションの部屋だ。広さといい、家具の質といい明らかに高級なマンションである。

しかも、大きな窓のカーテンが全開なのに、景色は空しか見えない。

……高層マンションなのか？　田中が住んでいる南青山の高層マンションではないはずだ。あそこは、警察が張り付いている。

ただ、そんなことよりも、置かれている状況のヤバさに、ふたたび意識を失いそうになる。

バネは、黒光りするデカいテーブルの椅子に座らされていた。両手両足を針金で固定されて。目の前には二体のマネキンが座ってこっちを見ている。

「お腹が空いただろう。美味しい朝食が待ってるぞ」

声の主は、田中だった。うしろにいるので姿が見えない。

しかも、拘束されているのはバネだけではなかった。右隣からすすり泣く声が聞こえてきた。

レオナだった。バネと同じく椅子に針金で縛り付けられている。

「赤羽君の好みは知らないから、今朝はレオナの大好物を食べてもらうよ。それでも構わないかい？」

視界に田中が現れた。薄い水色のエプロンをつけて微笑んでいる。バネが倒したときの、子供のような態度ではなく、正気を取り戻していた。

いや、この光景は正気じゃねえだろ。完全に狂っている。

食卓には、コーンスープの他に、数々の料理が並んでいた。ブルーベリーのソースがかかったパンケーキ。クロワッサンやくるみのパンまであり、バターやママレード、はちみつが添えられている。トマトのスライスに瑞々しいルッコラのサラダ。シンプルなプレーンオムレツとヨーグルト。オレンジとグレープフルーツも綺麗にカットされて皿に盛りつけられている。飲み物は、甘そうなミルクティーだ。

「この子は解放してくれ……関係ねえだろ」

バネは、横目でレオナを見て言った。涙でアイラインが崩れ、二本の黒い線になり、レオナの顔を走っている。

「僕とレオナは大いに関係あるよ。どちらかと言えば、赤羽君のほうが関係なかった。でも、今日からは違う。板野君の代わりに家族になれるよ」

どうすれば、こんな化け物が生まれてくるんだ？

また、頭がズキリと痛んだ。どうも、殴られただけの痛みとは違う。頭の芯が妙に重たいのだ。

「この子はお前の仲間じゃねえのかよ」

「大事な家族だよ。何度も同じことを言わせないでくれ。さあ、冷めないうちにスープを飲もうね」

田中がスプーンを手に取り、湯気の立つ黄色い液体をすくった。

「やめて……」

　レオナが、か細い声で呟く。

「コーンスープが大好きなんだろ？　かぼちゃのスープも好きなのは知っていたけれど、それはディナーに取っておくね」

　ディナー？　この儀式を夜まで繰り返すつもりなのか。

　サイコキラーの美学。奴らは頑なに己のルールを貫き通すと、八重樫育子が熱弁していたのを思い出す。

　つまり、ディナーが終われば、バネとレオナは殺されるということだ。

「嫌だ……食べたくない」

「はい。あーんして」

　田中が、赤ん坊に食べさせるかのように、レオナの口元にスプーンを近づけた。レオナは顔を背け、それを拒否する。

「無理に食べさせるなよ！」

　バネは大声で叫び、田中を睨みつけた。

　声の反響からして、このマンションは防音がしっかりしている。どれだけ助けを呼んだところで意味がないだろう。

テンパるな。クールに今できることを分析しろ。八重樫育子と栞が、必ずここを突き止めてくれるはずだ。

「美味しい朝ご飯は一日の活力だからね」

田中が片手で強引にレオナの顎を摑み、スプーンを口に突っ込んだ。レオナが激しく咳《せ》き込み、黄色い液体を吐き出す。

「ああ、勿体ない。でも、たくさん作ってあるから大丈夫。レオナがちゃんと飲んでくれるまで終わらないよ」

背筋に冷たい水を垂らされたように寒くなる。この怪物の一番の恐ろしさは暴力性ではなく、執念だ。

観念したレオナが、震えながらスプーンを口に受け入れた。コーンスープを飲みながら、怯えた目をバネに向ける。

ごめんなさい。

レオナの目は、そう語っているように見えた。謝るなら、どうして田中を助けた？　二人はどういう関係なのだ？

昨夜のあの時間に、田中の隠れ家に行ったのは、ただ単に呼びつけられたからではないはずだ。尾行をしているとき、レオナの背中は酷く小さく見えた。迷子になって助けを求めている幼女のようだった。

「美味しいかい？」

田中が、優しい声でレオナに訊いた。レオナがコクリと力なく頷く。

「次は赤羽君の番だ」

田中がバネの横に回り込み、新しいスプーンでコーンスープをすくった。スープの表面がキラキラと輝いている。

「いらねえ」

「コーンスープは嫌いなのか？」

「腹が減ってないんだよ」

昨夜から何も食べてないからそんなことはないはずだが、今は空腹を感じている余裕はない。

「せっかく作ったから食べて欲しいなあ」

田中が目を細めた。妙なことに胸に温かいものを感じる。まるで、本当の家族と接するような態度だ。

「コーンは大人になってから嫌いになった。甘過ぎるんだよ」

嘘だ。バネに好き嫌いはない。どれだけ腹が減ろうと、田中が作った料理は口にしたくないだけだ。

「では、好きなメニューを聞かせてくれ。ランチとディナーはそれを作るよ」

「……断る」

「どうして？　せっかく家族が揃っているんだから、みんなで楽しく食事をしようよ。パパとママも悲しんでるよ」

田中が二体のマネキンを見て言った。演技には見えない。

「何もいらない」

「ならば、レオナのメニューを食べてもらうまでだ」

田中の怒りが伝わってきた。身動きが取れないこの状況で、挑発してもいいものなのか？　ただ、これ以上、奴のペースには合わせたくない。

サイコキラーは、己のルールを厳格に守る。もし、バネが田中が用意した食事を食べずに拒否し続ければ、殺されることはないのではなかろうか。しかしそれが、今できる精一杯の戦いだ。時間さえ稼げば、八重樫育子と栞が必ず見つけ出してくれる。

「諦めろ。俺は絶対に食べないからな」

「食べてくれなきゃお姉ちゃんが可哀想だよ」

田中が急に幼児みたいな言葉遣いになった。来た。別の人格だ。

「お姉ちゃんとは誰のことだ？」

「ここにいるじゃないかあ」

田中がスプーンを置き、代わりにフォークを取ってレオナに近づいた。

「な、何をするつもりだ」

「目が取れちゃうよ」

「はあ？」

「お姉ちゃんの目ん玉がほじくり出されてもいいの？」

田中がフォークをレオナの顔に近づける。

レオナは、顔を強張らせてギュッと目を閉じた。アンモニア臭が鼻をつく。どうやら、失禁したようだ。

「サザエのツボ焼きみたいになるね」

ケタケタと笑った田中が、レオナの髪の毛を摑んでフォークを持つ手を振り上げた。レオナが短い悲鳴を漏らす。

「やめろ！」

バネは、堪らず叫んだ。

「じゃあ、コーンスープ、飲んでくれる？」

田中が手を止めて、バネの顔を覗き込む。

ハッタリだ。こいつのペースに合わせるな。

しかし、これではレオナを人質に取られているのと変わらない。もし、田中が本気なら、容赦なくレオナの目にフォークを突き刺すだろう。

「飲めばいいんだろ……」

「ありがとう」

田中が嬉しそうにスプーンに持ち替え、ふたたび、コーンスープをすくった。ウキウキしている様は子供そのものだ。

「早くしろ」

バネは渋々口を開けた。バレないように、両手首の針金を外すため腕を動かそうとするが、ビクリともしない。

「はい、あーん」

スプーンと共に甘い匂いが近づいてくる。食べなくても、美味いとわかった。温かい液体が舌の上を滑らかに流れる。

美味い……。今まで食べてきたコーンスープは何だったのかと思うほどだ。

「美味しい?」

「ああ……」

「お兄ちゃんの大好きな食べ物を教えて欲しいな」

俺はお兄ちゃんかよ……。田中は末っ子という設定なのか？

「教えるから、レオナには手を出すな」

教えなければ、またフォークを手にして、レオナを襲おうとするに決まっている。

「わかった！　何、何？　お兄ちゃんは何が好きなの？」

「……カレーだよ」

「何、カレー？　色んな種類があるよ」

「カレーなら何でもいい」

「ダメだよ、教えてよ」

「じゃあ、チキンでいいよ」

「野菜がゴロゴロした日本風がいい？　ルーがサラサラのスリランカ風がいい？　あと普通の白いごはん？　ナンやサフランライスも作れるよ」

異常なほど細かい。レトルトのカレーとかでは済まさずに、本格的なものを作る気なのだ。殺す相手に対して、なぜ、そこまでする？　家族だからか？

「白飯にしてくれ」

「ご注文、承りました」

田中の声が大人に戻った。いつのまにか、手に注射器を持っている。

「やっぱり、ハッタリだったか……」

バネは悔し紛れに呟いた。

「大事な家族を傷つけるわけがないだろ」

田中のほうが、一枚上手だ。このままでは、ディナーも食べさせられて、レオナと共に、儀式の犠牲になってしまう。

ちくしょう。何もせずに眠らされてたまるか。

「どうして、こんな男を助けた？」

隣のレオナに訊いた。俯いてカタカタと震えたまま答えようとしない。かわりに田中が言った。

「家族だからだよ。レオナは僕を愛してくれてるんだ。ずっと、この部屋で待っててくれたんだからね」

……ここに住んでいた？　レオナは、マネキンキラーの共犯者なのか？

注射器の針が、バネの首に突き刺さった。

「ランチは美味しいチキンカレーを作ってあげるからね」

田中がまた目を細め、透明な液体をバネの体に流し込む。

あっという間に、目の前が暗くなっていく。意識が途切れる寸前、脳裏を過ったのは、笑っている栞の顔だった。

26

午前八時。警視庁。行動分析課の会議室にヤナさんが資料を持って入ってきた。息が荒いところを見ると、走ってきたのだろう。

「あの家は、どえらい事件があったとこだぞ」

「いつですか？」

栞は、上司の八重樫育子を差し置いて訊いた。〝あの家〟とは、板野明憲が監禁されていた、公園横の古い一軒家のことである。

「三十五年前だ。事件は……」

「一家惨殺ね」

八重樫育子が、ヤナさんの言葉を遮る。

「そうだ。五人家族が襲われた。父親と母親、長男と長女が殺害された」

ヤナさんが、栞と八重樫育子に資料を配る。父親の菊池智之《ともゆき》（四十三）と母親の菊池静香《しずか》（四十）は、鈍器で頭部への殴打後、絞殺。長男の尚広《なおひろ》（八）と長女の侑里《ゆうり》（六）の二人が、絞殺だ。

……一人生き残った。菊池一久（三）だ。

「板野明憲の供述どおりですね」

栞は八重樫育子を見た。八重樫育子が、表情を変えずに頷く。

ようやくパニック状態が治まった板野明憲が、一軒家で田中に監禁されていたときの詳細を語ってくれたのは、ほんの二時間前のことだ。

『あいつ、配達員が自分の家族四人を殺したんだって言ってた。鉄の棒で母親が頭を殴られて……父親も殴られて首を絞められて……まだ幼かったあいつの目の前で次々と……』

板野明憲の首には赤い筋が残っていた。その痕を何度も触りながら、田中の特徴を八重樫育子と栞に伝えた。

『あいつ、いきなり子供みたいになってた。すげえ、不気味だったよ……口調だけでなくて顔つきも……幼稚園児ぐらいの年頃になり切っていた』

板野明憲の供述を受けて、八重樫育子が、公園横の一軒家を調べるよう、ヤナさんに指示を出したのである。容疑者の田中が、過去にあった事件の被害者だったということか。

「つまり、この三十五年前の事件で生き残った菊池一久という少年が、田中なんですね!」

栞は興奮して言った。一刻も早く、バネを助け出さないと……。

昨夜、板野明憲をタクシーで気絶させたあと、栞は一人で一軒家に戻ったが、もぬけの殻だった。リビングに争った形跡があり、床に血痕が飛び散っていた。鑑識の結果、血痕の血液型はバネのO型ではなく、A型の人物のものだった。

「決めつけるのは早いだろうが。まだ、田中と菊池一久が同一人物という証拠は出てねえんだからよ」

ヤナさんが、苛つきながら、顎の不精髭をシャリシャリと掻く。

「現場にいた人間しか知らない情報を、田中が話したんですよ」

「田中の作り話かもしれん。ネットで調べれば、これぐらいの情報はいくらでも出てくるからな」

「私は菊池一久の復讐だと思います」

「誰に対する復讐だ? 田中に殺された堀越倫子と畠山慎也に、菊池一家と接点はあるのか?」

「それはまだわかりませんけど、必ず突き止めます」

栞はムキになって言った。わなわなと声が震えてしまう。

「栞、落ち着きなさい」

八重樫育子が肩を摑んだ。

「でも……」

「憶測よりも、今、目の前にあるたしかなものを見て」

「はい……」

八重樫育子は、どんなときもブレない。部下が殺されるかもしれないという危機にあっても……いや、危機だからこそ冷静にならなければいけないのだ。

「菊池一久が復讐するならば、相手は一人しかいないわ」

八重樫育子が、資料を指す。

「こいつか……」

ヤナさんが唸るように言い、首を捻る。

菊池家の四人を惨殺した犯人は、野島浩紀。当時、十六歳だった。

精神鑑定の結果によると、《精神疾患はなく、年齢相応の知的能力がある。完全な責任能力はあるが、行為障害があり、少年の性格矯正と更生のためには、医療少年院への送致が適切な処遇である》となっていた。

「野島は、医療少年院に何年間いたの？」

八重樫育子がヤナさんに訊いた。相変わらず資料には目を通さず、ホワイトボードだけをじっと見つめている。

「七年だ」

四人の人間を殺しておいて、そんなに短いの？

未成年の犯行だから、当時は犯人の実名も伏せられていただろう。法律だとはいえ、矛盾を感じずにはいられない。

「そのあとの野島はどうなったんですか？」

栞は、嫌悪感を隠さずに訊いた。

「法務省の人間と同居し、精神科医のカウンセリングを受けながら社会復帰をした。この時期はステンレス鋼の工場で働いていた。ただ、保護観察期間が終わったあと、養子縁組をして名前を変え、出生地や学歴も変えている」

「つまり、まったくの別人になったわけですね」

「ああ、今どこで何をしているかはわからない」

もし、野島浩紀が生きていれば現在五十一歳になっている。生き残った菊池一久は三十八歳。田中の年齢に近い。

「田中は……野島浩紀に復讐のために……」

　栞は、ホワイトボードと向き合っている八重樫育子に訊いた。何も答えてくれないので、勝手に続ける。

「マネキンを使った擬似家族の殺人を犯せば、大々的にマスコミに取り上げられて全国ニュースになります。名前を変えてどこかで暮らしている野島浩紀にも必ず届きます」

「ちょっと待て」ヤナさんが横槍を入れる。「さっきも言ったけど、堀越倫子と畠山慎也が殺されて、野島浩紀のダメージになるのか？」

「それは……」

「自分の家族を殺した男にダメージを与えられなければ、復讐にはならないだろう。わざわざ死体とマネキンを並べるような大掛かりな真似をするからには、それなりの理由があるはずだ」

　ヤナさんの言うとおりだ。栞は奥歯を嚙み締めて、悔しさを押し殺した。

「家族……」

　八重樫育子が、ぼそりと呟く。ホワイトボードには、八重樫育子の字で《家族》と書かれている。

「どうした、八重樫？」

「田中はメッセージを送り続けていたんだわ」

「あん？」

「野島浩紀は、今頃、恐怖に震えているわよ」

八重樫育子がボサボサの髪を掻き上げて、ホワイトボードから視線を外し、琹とヤナさんを見た。眼鏡の奥の瞳が爛々と輝いている。

「おい、意味がわからねえぞ」

「ヤナさん、堂上礼央奈の父親を洗って」

「だから、ちゃんと説明しろよ」

ヤナさんが額に血管を浮かべる。

八重樫育子が両手を腰に置き、確信に満ちた顔つきで言った。

「堂上礼央奈の父親が、野島浩紀よ」

27

バネは、香ばしいスパイスの匂いで目を覚ました。頭の芯が痺れて、食欲はない。

本当にカレーを作ったのかよ……。

まだ視界がぼやけているが、とりあえず、隣にレオナが座っているのは確認できる。レオナはまだ眠っていた。

……何時だ？

窓の外は変わらず、青空だ。リビングの壁時計を見る。午後一時だ。

食卓の二体のマネキンは着替えていた。パジャマではなく、白いシャツと白いパンツ姿になっている。そして、バネとレオナも同じ恰好だ。

何の真似だ？　針金を解いて着替えさせたのか？

ある種のシリアルキラーは、己のルールを曲げることができないの。ルールに囚われていると言ってもいいわ。

八重樫育子の言葉が頭を過る。

だからこそ、ボウリング場の地下駐車場でも、田中はバネを殺さなかったのだ。ターゲットを殺す前に、こうして食卓で手料理を振る舞うのが奴の確固たるルールだ。

「とびっきりのチキンカレーが完成したよ」

皿を持った田中が、満足げに微笑みながら登場した。

「……食べたくない」

レオナが目を覚ました。虚ろな目だ。泣き疲れて赤く腫れ上がっている。

「レオナは辛いものがあまり得意じゃないもんね。ちゃんとデミグラスソースのオムライスも用意してあるよ」

田中が、子供をあやすように言って、カレーの皿をバネの前に置いた。

「帰して……」

「どこにだい？」

レオナは答えない。唇を嚙み締め、涙を浮かべている。

「あの家には帰りたくないんだろ？」

……レオナの実家のことか？

この二人の関係が理解できない。レオナが助けなければ、田中は逮捕されていた。自分を助けてくれた相手をどうして殺そうとするのだ？

「ここが、レオナの家だよ」

「違う」

「そうだよね。本当はあの一軒家に住みたかったよね」

田中が顔を歪め、チラリとキッチンのほうに視線を送った。

なんだ、今の動きは？

バネは八重樫育子や栞のような分析力はないが、直感力では負けない。とくにガキのころからの喧嘩で鍛えた目は、相手のほんの少しの体の動きも見逃さない。

今の田中の動きには、違和感があった。

バネは、田中に悟られないよう横目でキッチンを盗み見た。キッチンカウンターの上に、ノートパソコンが開いた状態で置いてある。画面は黒くて何も映っていない。

「あの家も嫌い！」レオナが叫んだ。「あなたなんて大嫌いよ！」

「家族なのに？」

田中が、悲しげな顔で、また、キッチンに視線を送った。

朝は気づかなかったことがある。田中の声が、微かに張っているのだ。一軒家にいたときとは明らかに話し方が違う。

……まるで、ノートパソコンに話しかけているみたいだ。

「家族なんていらない」

レオナが強い口調で言った。潤んだ目で、田中を睨みつけている。

「一人で生きていくことはできない」

「できるわ」

「無理だ」

「わたしは誰にも頼らない」

「無理って言ってるだろ！」

　田中が拳でテーブルを殴りつけた。皿からカレーのルーが溢れる。

「家族は必要だよ」

　バネは、宥めるような静かな声で言った。

「わかってくれるのかい？」

「ああ。あんたの家族になってやる」

「一体、どういう心変わりだ？」

　田中が訝しげに眉をひそめた。

「俺があんたの家族になってやるからレオナを解放してくれ」

「犠牲心か。美しいね」

「やめてよ！　そんなことしなくていいから！」

　レオナが体を揺らし、椅子をガタつかせた。だが、針金で手足をガッチリと固定されているので身動きは取れない。

「どうして、レオナのためにそこまでできる？」

「……刑事だからだよ」

　それ以外に答えは見つからない。

「頼もしいお兄ちゃんだ」

田中が、フフと嬉しそうに目を細める。

「大人しくあんたの家族になるから、せめてお別れをさせてくれよ」

「お別れ？」

「母親に電話したい」

「断る」

「じゃあ、俺も断るぜ」

バネは即座に舌を噛んだ。激痛が脳天を駆け抜ける。もちろん、初めての経験だ。

「何してる？　やめろ！」

シリアルキラーはルールに囚われている。ここで、バネに死なれるのは耐えられないのだ。

「母親に電話をかけさせりょ」

口から血がダラダラと溢れた。生温い鉄の味が、喉を下りていく。

「わかった……ただし、余計なことを言えば、レオナの目玉を本当にえぐる」

「別れの挨拶はひはない。育ててくれたほ礼をひいたいりゃけりゃ」

舌の損傷で、うまく喋ることができない。

「番号を教えろ」

田中が怒りを堪え、スマートフォンを持ってきた。何の躊躇もないところを見ると、この電話からは足がつかないのだろう。

　バネが教えた電話番号を素早くタップした。

「一分だ」

　スマートフォンをバネの耳にあて、もう片方の手で、テーブルのフォークを握る。フォークの先をレオナの目の至近距離まで近づけた。

　スピーカーモードで呼び出し音が鳴る。

　頼む……出てくれよ。

『はい、もしもし』

「母さん。おりぇ」

『はい？』

「おりぇりゃよ、母さん」

『……健吾？』

「うん」

『本当に健吾？』

　警戒した声で訊いてくる。これじゃあ、《振り込め詐欺》だ。だが、説明している時間はない。

「ありらとう」

『何のこと？　今、何してるのよ？　お仕事は？』

「親父にもありらとうって伝へて」

『怪我してるの？　喋り方がおかしいわ』

さすがだ。しばらく会っていなくても、微妙な変化がわかるのだ。

「美和《みわ》にもよろしく」

妹の名前だ。大阪の大学を卒業し、そのまま大阪の企業に就職した。美和とは、もう五年近く会っていない。

「おりぇのパソコンをはげると美和に伝へて」

『あんた、何言ってんの？　刑事のお仕事で疲れてるの？　ちゃんと、ご飯食べて、ぐっすり寝てる？』

母親が呆れ声になる。突然の息子からの意味不明の電話に戸惑っている。

「タイム・アップだ」田中が、電話を切った。「その舌でカレーが食べられるのか？　かなり辛口だぞ」

バネは、口の中の血のかたまりをテーブルに吐いて、田中を睨《ね》めつけた。

「食べてやるよ。家族りゃかりゃな」

久しぶりに家族皆に会いたくなってきた。

28

午後三時。栞と八重樫育子は《堂上弁護士事務所》の所長室にいた。

「お話とは？　クライアントとの打ち合わせが三十分後にありますので、手短にお願いできますでしょうか？」

白髪の恰幅のいい紳士が、栞の真正面で革のソファに身を沈めている。彫りが深く、目と鼻が、礼央奈にそっくりだ。

「では単刀直入に訊きますね。礼央奈さんは現在どこにいらっしゃいますか？」

八重樫育子はソファに座らず、堂上のうしろに回り込んでいた。「人間は背中で嘘をつけない」が彼女の持論だ。

正面は栞の担当だ。どんな些細な表情の変化も見逃さない。

「さあ？　なにせ、気まぐれな子ですから」

娘の名前を聞いた堂上に、動揺の色はなかった。

……この男が、三十五年前に一家を惨殺した本人なの？

誰が見ても、ご立派な弁護士である。スーツの趣味がいいし、北欧系の家具でシンプルにまとめているこの部屋からも、センスが窺える。シャープなデザインの白い書斎机には、デスクトップ型のＭａｃがあった。

人は見かけによらない。それは殺人鬼も同じだ。一九七四年から一九七八年にかけて、三十人以上の女性を殺害して全米を震撼させた《テッド・バンディ》は、ハンサムな上に知的で愛嬌があり、死刑執行までの間に数百のラブレターを貰っている。

「ここに来る前、奥様に連絡させていただきました」八重樫育子は攻撃の手を緩めない。

「礼央奈さんは一年以上、家に帰ってきていませんね」

「我が家は放任主義ですから」

「年頃の娘さんがそんなに長い間、家出をしているのに心配ではないのですか？」

「もちろん、親なのだから心配に決まっていますよ。自分で言うのも恥ずかしいですが、私と娘は昔から折り合いが悪かった。私への当て付けで家を出たのです」

「礼央奈さんのことを愛していますか？」

堂上が、鼻で嗤った。

「馬鹿馬鹿しい」

「答えてください」

「そろそろお引取り願えますか」

ソファから立ち上がった堂上を、八重樫育子が人差し指で制する。

「その前に電話を一本いいですか？」

「はあ？」

堂上が露骨に不快な表情を見せたが、八重樫育子は無視して自分のスマートフォンで電話をかけた。

「どう？　準備できた？」

『ああ。バッチリだ』

スピーカーから、ヤナさんの声が聞こえる。

「じゃあ、ライブの映像を見せて」

『了解』

八重樫育子が、動画モードに切り替え、スマートフォンを堂上に見せる。

「この場所に見覚えはありませんか？」

「いや……知らないな」

目がわずかに泳ぎ、頰が痙攣する。言うまでもなく、嘘をついている顔だ。

「おかしいですね。あなたが訪れた家ですよ。それとも三十五年前のことなので、お忘れになりましたか？」

スマートフォンの画面ではあの一軒家の食卓に座ったヤナさんがこちらに向かって手を振っている。角度的にキッチンのカウンターにスマートフォンを置いているようだ。

「まったくもって、わけがわからない。私の職業をご存じですよね。あまり、ふざけたことばかり言ってるとこちらも本気になりますよ」

「どうぞ、ご自由に」八重樫育子がスーツから捜査令状を出し、デスクトップのＭａｃを指した。「パソコンを押収させていただくわ」

「馬鹿な……」

「礼央奈さんの命を助けたいなら、今すぐ見せなさい。野島浩紀」

「な、何を見せろと……」

堂上が、胸を押さえて苦しそうに呻く。

八重樫育子が、容赦なくとどめを刺すように言った。

「決まってるじゃない。マネキンキラーの実況中継よ」

午後六時。食卓の上には、手巻き寿司のセットが並んでいた。短冊形に切ってある刺し身と野菜各種。アボカドや納豆やチーズ、ウインナーまである。酢飯の横にある焼き海苔は見るからに高級品だ。

「レオナの好きな洋食にしようと思ったけどやめた。僕の好物にしたよ」

マネキンと並んで食卓に座る田中が、悲しげに言った。

「早く殺して……」

バネの隣のレオナが、弱々しい声で言った。泣き疲れて憔悴しきっている。

「まず、何を食べたい？　僕はサーモンとかいわれ大根と玉ねぎとチーズとマヨネーズにするよ！」

田中が、唐突に子供の声になる。

「殺して……お願い……」

レオナの懇願は、田中の耳には入らない。鼻歌交じりで、黙々と手巻き寿司を作っている。

「できた！　お兄ちゃんは何がいい？　僕が作ってあげるよ！」

「そうだなあ。やっぱりマグロかなあ」

バネは田中の芝居に合わせて言った。口の中の出血は止まっている。どうやら、舌の傷はそこまで深くなかったようだ。

「マグロに何を合わせる？　アボカドがいいよ！　マグロと相性、ぴったりだもん！」

「うん。アボカドにしてくれ」

「これに納豆をプラスしたら最強だよ」

「納豆はやめてくれよ」

「だって、お兄ちゃんは納豆が大好きじゃん」

「そうだったな」

「納豆、入れる？」

「おう。いっぱい入れろ」

「やったね！」

田中が、張り切って焼き海苔を取り、酢飯をのせた。

「パパ……助けて……」

レオナの呟きに、田中が手を止めた。

「何だって？」

「パパ……」

「お前のパパはここにいるだろ」

田中が、手巻き寿司を握り潰した。指の隙間から、潰れたアボカドと納豆がニュルニュルと溢れ出る。

「レオナ、口を閉じろ」

バネは鋭い声で注意した。今、田中を刺激するのはまずい。

「パパも何とか言ってよ！」

田中が、手巻き寿司の具材でグチャグチャになった手で、マネキンを揺さぶった。カタカタと乾いた音が、リビングに響き渡る。

「パパじゃねえよ！　馬鹿野郎！」

レオナが絶叫する。

「レオナ！　挑発するな！」

「人形なんだよ！　お前に家族なんていないんだよ！」

レオナの絶叫は止まらない。

田中がピタリと動きを止めた。

「うん。知ってるよ。パパもママも、お兄ちゃんもお姉ちゃんも、僕の前から消えていなくなったんだもん」

「田中……」

バネは、啞然として呟いた。田中の両目から、涙が溢れている。こんな泣き方をする人間を初めて見た。まったく表情を変えず、穏やかな顔のまま、涙を流している。まるで、仏像が泣いているかのようだ。

「もう、皆には会えないんだ……」

「田中、自首してくれ！　これ以上はやめろ！」

田中が、タオルを手にレオナに近づく。

「もう、皆、手巻き寿司も食べられないんだ……」

「田中！　聞いてくれ！」

ダメだ。田中はとうに正気を失っている。虚ろな目で、ゆっくりとレオナの背後に立ち、細い首にタオルをかけて、力任せに絞め上げていく。

「頼む！　俺から先に殺せ！」

「は……ぐう……」

みるみるうちに、レオナの白い肌が赤紫に変色する。

「田中！　コラッ！　田中！」

バネは、喉が破れるかと思うほど絶叫を続けた。

田中の筋肉質な腕から力が抜け、タオルを離した。レオナがガクリとうなだれる。

息をしていない……レオナが死んだ……。

「終わったぞ」

田中は肩で息をしながら、バネではなくキッチンに向かって言った。大股でキッチンカウンターに接近し、ノートパソコンを覗き込む。

「野島！　お前の家族を殺したぞ！」

やはり、パソコンで通信していたのだ。バネの直感は間違っていなかった。

「野島は見てないわよ」

いつのまにか、リビングのドアが開いていた。背が低いモジャモジャの髪の女が立っている。

八重樫育子だ。

「遅いっすよ！」

バネは、つい怒鳴った。あと一分早ければ、レオナの命は助かったのに……。

「なぜ……わかった……」

田中が呆然とした顔で、テーブルの菜箸を取り、バネの背後に回った。

「野島の事務所でパソコンを見せてもらったわ。あなたは、食卓での殺人ショーを撮り、その動画を野島に送りつけていたのね。最初は堀越倫子を母親に見立て、次に畠山慎也を父親に見立てた。自分の家族が殺された順番を再現した」

「なぜわかったんだ……」

田中がバネの髪を摑み、菜箸の先を頸動脈に当てた。田中の筋力なら、余裕で首を貫ける。

「堀越倫子と畠山慎也の殺害映像をメールに添付して送りつけて、野島を追い込み、野島の娘の礼央奈はライブで殺す計画だった。野島に最大の恐怖を与えたかったのね」

「どうして、配信がわかったんだよ！　どうして、この場所がわかったんだよ！」

田中がブルブルと震えながら叫ぶ。菜箸の先がバネの首に強く食い込んだ。

「バネ先輩からの電話です」

八重樫育子の背後から、銃を構えた栞が現れた。

「何だと……」

「バネ先輩はお母さんではなく、私の携帯に電話をかけたんです」

一か八かの賭けだった。

栞が『はい、もしもし』と出たあと、バネは間髪を容れずに、『母さん』を連呼した。ピンときた栞は、そこから声色と口調を中年女性に変えてアドリブで芝居をしてくれたのだ。

栞と飲んでひどく酔っぱらったときに〝演技〟をしたのがヒントになった。元天才女優ならばきっと応えてくれると信じていた。

「バネが『パソコン』という言葉を伝えてくれたおかげで、すべてが繋がったの」八重樫育子が栞の横に並び、テーブルを挟んで田中と対峙する。「菊池一久だったあなたの復讐の方法がね。ずっと配信してくれていたから、このマンションを特定するのも容易《たやす》かった」

「銃を捨てろ。こいつの首に穴を開けるぞ」

「それは困ります」栞が腰を落とし、銃口の狙いを定める。「バネ先輩には、まだ色々と教えてもらわなければいけませんから」

「レオナ！　目を覚ませ！　起きろ！」

田中が、バネの首に菜箸を当てたまま、レオナの椅子を蹴り上げた。

「ん……んん……」

レオナが小さく呻いた。

生きてるのか？　どうして、田中は殺さなかった？

「お前の父親は人殺しだ。僕の家族を皆殺しにした犯人なんだ」

「えっ……」

「お前は殺人鬼の娘なんだよ！　だから僕が、今までの君を殺した。君は今、生き返ったんだ！　もう君は〝殺人鬼の娘〟なんかじゃない！　この意味をよく考えて、これからの人生を送ってくれ！」

「……パパが殺人鬼？」

意識を取り戻したレオナが目を見開く。その目の奥に、深く絶望が刻まれていた。

「見つけ出して模倣しろ」

田中が意味不明な言葉を呟き、菜箸を振り上げた。

「栞！」

八重樫育子の掛け声と同時に、リビングに銃声が響き渡る。

ドサリという音とともに、田中がバネのうしろで倒れて呻いた。悲鳴を上げるレオナに八重樫育子が駆け寄り、優しく抱き寄せる。

「お前……俺に当たったらどうすんだよ」

全身の力が抜けた。針金で手足を固定されて動けなかったのが、逆に良かったのかもしれない。

「そのときはそのときですよ、バネ先輩」

栞が青白い顔で、肩をすくめた。

終章　二〇二三年　二月二日

マネキンキラー逮捕から一週間後――。

午後九時、六本木。バネは豚骨ラーメン屋のカウンターでザーサイチャーシュー麵を啜っていた。

「ここのラーメン最高でしょ？」

隣でレンゲを握る栞が、小鼻に汗を搔きながら言った。ちなみにザーサイチャーシュー麵は栞のオススメだ。

「まあまあだな」

本当は抜群に美味いが、認めるのが癪《しゃく》だ。

「私が作ったほうが五倍美味しいですけどね」

「すげえな。本当にここで働いていたんだな」

栞と入店したとき、髭面の店長が「お久しぶりです！」とお辞儀をしたのだ。

「替え玉が欲しいときは言ってください。サービスさせますから。もちろん替え玉も〝バリカタ〟ですよ」

「ありがとうな」

ここは素直に感謝するか。心なしか、ラーメンを食べる栞が輝いて見える。

この一週間の栞はかなり落ち込んでいた。致し方ない状況だったとはいえ、容疑者を射殺してしまったのだ。

「ヌマエリさん、デートうまくいってますかね」

「デートじゃねえだろ。飯食いに行ってるだけなんだから」

ヌマエリがヤナさんを誘ったのだ。

「ディナーなんて、ロマンチックじゃないですか」

「ヤナさんのことだから、どうせ大衆居酒屋だよ」

「それでもいいんです。ヌマエリさんにとっては大きな一歩なんですから。もし、二人が結婚したらどうします？」

「ありえないけど、祝福するよ」

どんな子供が生まれるのか想像もできない。

「私、結婚はしたくないけどいつか子供は欲しいんですよ」

「旦那は邪魔だってか？」

「はい。私、絶対に家庭と仕事は両立できませんし」

「子供を産んでも刑事を辞めないのか？」

「辞めるわけないじゃないですか！　こんな面白い仕事！」

「ほう。言い切ったな」

断言できるところが、栞の強みだ。ただ、刑事という仕事への思いならば、バネも負けてはいない。祖父である赤羽光晴を超える伝説の刑事になる。それが、バネの夢なのだ。

しかし、その前に、八重樫育子を超えなければいけない。簡単には超えられない、あまりにも高い壁だけれど……。

「でも、来月、有給休暇を頂くのでよろしくお願いします」

「はあ？　なんだ、それ」

「両親を旅行に連れていこうと思ってるんです。まだ、誘ってないけど。温泉とかでゆっくりしたいなあ、と」

「いいんじゃねえか。親孝行は大切だし」

両親と確執があったはずの栞が、前に進もうとしている。温かく見守ってやるのも先輩の務めである。

「ところで、どうして私の電話番号を暗記してたんですか？　少々、不安なんですけど」

　栞が眉間に皺を寄せてバネを見た。

「おい、変な誤解をするなって！　ゴキブリの件のとき、お前を傷つけたんじゃないかと思ってさ。何度か電話で謝ろうと思ったんだよ。でも、なかなか電話できなくて、その……電話番号と睨めっこしてるうちに……」

「覚えたんですか？　なんか、キモいです」

「何だよ、その発言は！　俺のほうが先輩だぞ！」

「わかってますよ。ご馳走さまでした、先輩」

　栞がわざとらしく甘えた声を出す。

「おいおい、お前のほうから『ラーメンに行きませんか？』って誘ったんだろ。せめて割り勘だろうが」

「何、寝ぼけたこと言ってんですか。私は命の恩人ですよ。これから、私が食べるすべてのラーメンを奢《おご》って貰いますからね」

　ちくしょう。やっぱり、こいつは可愛くない後輩だ。

同時刻。兵庫県須磨《すま》海岸。

堂上礼央奈は、誰もいない海岸に佇んでいた。スニーカーを履いたまま、足を波に浸している。

一週間前の事件のあと、保護された礼央奈は一年ぶりに実家へと戻った。ただ、父親が殺人鬼だったと知った今、共に暮らすことはできず、二日前に家出をして、この地へと辿り着いた。もう二度と、あの父親と会うことはないだろう。

見つけ出して模倣しろ。

ずっと、田中……菊池一久の最後の言葉が礼央奈を支配している。

何を見つけ出すの？　そして、何を模倣するの？

菊池一久は三十五年の歳月をかけて、身を隠していた殺人鬼を探し出し、権力や財力を手に入れ、虎視眈々《こしたんたん》と復讐の機会を狙っていた。

今、心の中で、菊池一久が礼央奈を生かした理由がわかりつつある。

見つけ出して模倣しろ。

菊池一久は、三十五年前の殺人鬼の犯行を模倣した。ネットで調べると、《コピーキャット》という言葉が出てきた。

殺人鬼たちの犯罪をコピーする。もし、迷宮入りした殺人事件が再現されたら、潜伏している真犯人はどう思うだろう？　ある者は怯え、ある者は酷くプライドを傷つけられるだろう。これ以上効果的な、奴らを炙《あぶ》り出す方法はないに違いない。

礼央奈は菊池一久に選ばれた。夢を託された。三歳で家族を失った少年の夢を……。

ひときわ大きな波が来て、礼央奈の膝を濡らした。凍えるほど寒いはずなのに、何も感じない。

己の快感のために何人もの罪もない人間を殺《あや》めておきながら、素知らぬ顔でのうのうと暮らしている奴がいる。そう、父親のように。

シリアルキラーを見つけ出し、模倣し、復讐する。それが、礼央奈の新しい人生だ。そのために犠牲になる不運な人は出るだろうが、仕方がない。シリアルキラー対シリアルキラーの戦いに妥協は許されない。

ネックになるのは、あのバネと呼ばれていた熱血刑事と美しいキレ者の栞、そして、二人のボスである八重樫育子だ。警視庁行動分析課が、当分、ライバルとなるのは覚悟しなければならない。

まずは、莫大な資金が必要だ。十年、いや、五年以内にビジネスの分野で成功する。菊池一久もそうやって戦ってきた。

雨上がりの夜空は澄んでいて、無数の星が礼央奈を見下ろしている。いつか、東京スカイツリーの側のプラネタリウムで観た星空を思い出した。一人ぼっちで高層ビルで過ごしていたときの、あの男への愛も……。

星たちが滲む。泣くのは、今日が最後だ。

この作品は「パピルス」二〇一三年六月号～二〇一四年一二月号に連載されたものに大幅に加筆した文庫オリジナルです。

幻冬舎文庫

●好評既刊
D町怪奇物語
木下半太

作家デビュー前の「わたし」が、D町で場末感漂うバーの店主をしていた頃、毎日のように不気味で奇怪な事件が起きた。この町は「あの世」につながっている!? 日常が恐怖に染まる13の短編。

●最新刊
ひぐらしふる 有馬千夏の不可思議なある夏の日
彩坂美月

実家に帰省した有馬千夏の身の回りで次々と起こる不可思議な事件は、はたして怪現象なのか、故意の犯罪なのか。予測不能、二重三重のどんでん返しが待ち受ける、ひと夏の青春ミステリー。

●最新刊
空飛ぶ広報室
有川 浩

不慮の事故で夢断たれた元・戦闘機パイロット空井大祐の異動先は航空幕僚監部広報室。待ち受けていたのはミーハー室長の鷺坂をはじめひと癖もふた癖もある先輩たち……。ドラマティック長篇。

●最新刊
UGLY
加藤ミリヤ

個性的な顔立ちとファッションで一躍ベストセラー作家となった21歳のラウラ。大学生ダンガと出会い強く惹かれ合う一方、デビュー作は超えられないという編集者の言葉に激しく動揺し——。

●最新刊
はるひのの、はる
加納朋子

ユウスケの前に、「はるひ」という我儘な女の子が現れる。だが、ただの気まぐれに思えた彼女の頼み事は、全て「ある人」を守る為のものだった。切なくも温かな日々を描いた感涙の連作ミステリー。

人形《にんぎょう》家族《かぞく》

熱血《ねっけつ》刑事《けいじ》赤羽《あかばね》健吾《けんご》の危機《きき》一髪《いっぱつ》

木下《きのした》半太《はんた》

平成28年4月15日　初版発行

発行人――石原正康
編集人――袖山満一子
発行所――株式会社幻冬舎
〒151-0051東京都渋谷区千駄ヶ谷4-9-7
電話　03(5411)6222(営業)
　　　03(5411)6211(編集)
振替00120-8-767643
印刷・製本―中央精版印刷株式会社
装丁者――高橋雅之

幻冬舎文庫

ISBN978-4-344-42458-6　C0193　き-21-17

幻冬舎ホームページアドレス　http://www.gentosha.co.jp/
この本に関するご意見・ご感想をメールでお寄せいただく場合は、
comment@gentosha.co.jpまで。